SCORPIO

Haemin Sunim

In der Stille findet das Glück dich leichter

Aus dem Koreanischen von
Hyuk-Sook Kim und Manfred Selzer

Illustrationen von KUSH

SCORPIO

This book is published with the support of the *Literature Translation Institute of Korea* (LTI Korea).
Die Übersetzerin Dr. Hyuk-Sook Kim bedankt sich bei der *Academy of Korean Studies* für die Unterstützung durch das Seed Programm.

MIX
Papier aus verantwortungsvollen Quellen
FSC® C084279
FSC
www.fsc.org

2. Auflage 2020

Scorpio Verlag in Europa Verlage GmbH, München
Umschlaggestaltung: Guter Punkt, München
Umschlagmotiv: KUSH
Lektorat: Dirk Grosser
Layout und Satz: Danai Afrati
Druck und Bindung: Print Consult GmbH, München
ISBN 978-3-95803-309-2

Mehr über unsere Bücher
www.scorpio-verlag.de

Freiheit bedeutet, keine Furcht
vor dem Unvollkommenen zu haben.

– ZEN-MEISTER SENGCHAN

Inhalt

Prolog

Der Weg, der zu mir selbst führt

BIST DU SCHON einmal alleine und still durch einen Wald mit vielen Bäumen gelaufen? Hast du schon einmal gespürt, wie du vollständig im Hier und Jetzt bist, während du das Handy kurz ausschaltest, den blauen Himmel über den Bäumen betrachtest, dem Wind lauschst, der die Blätter zum Rauschen bringt, und du auch auf deine Schritte auf dem Laub und den Klang deines eigenen Herzens horchst? Ich meine, ob du schon einmal die beschauliche Zeit erlebt hast, das ruhig dahinfließende Wasser eines Baches zu betrachten und einmal die Hände hinein zu tauchen oder deine Aufmerksamkeit vollständig dem Zwitschern der Vögel zu widmen, das um dich herum erklingt? Wenn du langsam und gelassen gehst, wirst du spüren, dass dein Geist stiller und stiller wird und du unerwartet zu deinem ursprünglichen Zustand zurückkehrst. Das ist ein Moment, der sich so anfühlt, als wolle man ein Klavier neu stimmen.

Hast du die Stille deines Lebens verloren, und fällt dir deswegen alles so schwer, und du bist niedergeschlagen? Der Lärm der Werbung, die uns überall verfolgt und uns laut und pausenlos anschreit, dass wir ihr zuhören sollen; das Getöse der Nachrichten über Unfälle und Verbrechen, die sich ohne Unterlass ereignen; das Hupen von Fahrzeugen, das hier und da ertönt; der Krach von Baustellen, an denen gehämmert oder abgerissen wird; das Gebrüll der Menschen, die uns zu ihrem Glauben zwingen wollen. All das hören wir. Währenddessen klingelt das Handy, das wir Tag und Nacht und überall in unserer Hand halten, und empfängt Nachrichten. Die moderne Gesellschaft scheint unserer Seele keinen Augenblick zu gönnen, sich in der Stille auszuruhen.

Das alles sind die Gründe, warum wir verschiedene psychische Probleme haben, von denen eines die Selbstentfremdung ist. In unserem hektischen Leben wissen wir daher oft nicht, wer wir sind und was wir uns wirklich wünschen. Unsere Aufmerksamkeit ist hauptsächlich nach außen gerichtet, und weil wir allein dadurch schon ausgelastet sind, haben wir keine ruhige Minute, um innezuhalten und nachzusinnen, wie es uns gerade geht, was für ein Leben wir führen möchten und an welchen Werten wir uns orientieren wollen. Weil wir nicht viel Zeit für Selbstbegegnung haben, während wir uns auf die eine oder andere Weise ununterbrochen mit anderen Menschen treffen.

Je intensiver diese Selbstentfremdung wird, desto wahrscheinlicher wird es leider, dass wir nicht mehr unsere eigenen Kriterien für das Leben finden oder definieren können. Tritt dieser Zustand ein, orientieren wir uns gezwungenermaßen an den Kriterien der anderen und an denen der Gesellschaft, die uns vorzuschreiben versuchen, was gut ist und wonach wir ein Bedürfnis haben sollen. Daraus folgend laufen wir schließlich nur den anderen nach und geraten in harten Konkurrenzkampf; wir werden dabei verletzt, sind frustriert und deprimiert. Wir sind allein damit überlastet, die zahllosen Forderungen anderer zu erfüllen, haben nicht den Mut, ein Leben zu führen, das wir für richtig halten, was andere auch dazu sagen mögen; wir haben keine Kraft, die Oberhand in unserem Leben zu bekommen. Wie fühlst du dich damit? Fällt dir dein Leben schwer?

Dieses Buch möchte dir die Begegnung mit der Stille in dir ermöglichen. Wenn du innerlich still wirst, werden die Dinge, die du bisher nicht kanntest, klarer und zeigen sich schließlich. Die Hoffnung, die du in deinem Herzen trägst, das Leben, von dem du wirklich träumst, die Werte, die dir wichtig erscheinen, die Emotionen und sogar die Erinnerungen, die du sehr lange tief in dir vergraben hast, werden lebendig, und erst damit kann auch die Heilung beginnen. Wird der Geist vollkommen still, wird auch das Wesen des Ichs klarer, welches jeder Praktizierende des Buddhismus erkennen möchte.

Die innere Stille ist kein Zustand der Langeweile, in dem nichts existiert, sondern ein Moment, in dem alles allmählich klarer wird, je stiller es wird, und man schließlich seinem ureigenen Geist begegnet. Ich hoffe sehr, dass du zumindest während der Lektüre innerlich still wirst, deine Weisheit klarer wird und du Gelassenheit und Ruhe findest, auf dich selbst zu blicken.

Das Leben jedes Menschen ist ein Weg zu sich selber hin. Ein Zitat aus *Demian* von Hermann Hesse, einem meiner Lieblingsromane. Dieser Satz lehrt uns, dass wir letztendlich unser Leben führen, um uns selber zu finden, völlig unabhängig davon, welche Form unser Leben jetzt auch haben mag. Mit dem Wunsch, dass meine Worte dir auf diesem Weg eine kleine Hilfe sein mögen, habe ich dieses Buch geschrieben. Möge jeder Schritt, den du tust, von Frieden und Erleuchtung begleitet sein.

HAEMIN SUNIM
Nach dem Spaziergang durch den
Saryoni Wald auf der Insel Jeju

Mögest du dich ausruhen,
mögest du dich ausruhen im Meer,
im Meer der absoluten Geistesruhe.

Kapitel 1

Pflege des Geistes

Wie wir ein gutes, harmonisches Leben führen können

ES IST BEREITS eine Woche vergangen, seitdem ich in den Bongam Tempel eingezogen bin. Ich bin hier, um an der Vassa (traditioneller Rückzug der buddhistischen Mönche während der Regenzeit) im Herbst teilzunehmen. Diesmal haben etwa einhundert Mönche den Weg zum Bongam Tempel gefunden und praktizieren jetzt hier zusammen; es sind ein bisschen mehr als gewöhnlich, vielleicht weil es in diesem Jahr nach dem Mondkalender einen Schaltmonat gibt. Einige der Mönche kenne ich von früher, mit manchen habe ich irgendwann mal in einem anderen Tempel in einem großen Gästezimmer übernachtet, das allen Tempelbesuchern zur Verfügung steht. Über das Wiedersehen freue ich mich. Aber die meisten Mönche sehe ich hier zum ersten Mal. Während der Vassa führen wir zusammen ein Gemeinschaftsleben. Ein Zusammenleben mit jemandem, den man zum ersten Mal sieht, ist anfangs jedem etwas fremd, und man steht unter einer gewissen Anspannung. Dagegen sind auch buddhistische Mönche nicht gefeit. Nach dieser Anfangszeit hat jeder dann seine eigene Methode, wie man mit den anderen gut und harmonisch zurechtkommt und welche Mühe man sich dafür geben sollte. Hierzu habe ich vier Methoden.

MEINE ERSTE METHODE IST: »Beharre nicht zu sehr auf deinen eigenen Kriterien.« Es sind Mönche, die im ganzen Land verstreut gelebt haben. Wenn diese Menschen auf einmal zusammenleben, macht man einige neue Entdeckungen. Beispielsweise erlebt man beim Beten etwas ziemlich Lustiges. Je nachdem, in welchem Tempel man gewohnt hat, unterscheiden sich das Tempo und der Ton beim Beten. Die Mönche aus dem Tempel Songgwang, der sich im Süden Koreas befindet, beten langsam und ruhig, während diejenigen, die in enger Beziehung mit dem Tempel Haein stehen, der auf dem Berg Gaya etwa einhundertsiebzig Kilometer nordwestlich vom Tempel Songgwang entfernt liegt, eher schnell und kraftvoll beten, ähnlich wie das Wesensmerkmal des Berges Gaya. Das bedeutet, der Maßstab für die Geschwindigkeit und den Ton des Gebets richtet sich danach, wo man das Beten zum ersten Mal gelernt hat.

Problematisch wird es jedoch, wenn jeder auf seinen Gewohnheiten beharrt und sich keine Mühe gibt, mit den anderen in

Einklang zu kommen. In diesem Fall wird aus dem Gebet ein Gesang, der die Verkörperung von Disharmonie und falschem Takt darstellt und den man nur als Beleidigung für die Ohren bezeichnen kann. Jeder Mensch hat eigene Kriterien, die sich auf natürliche Weise aus der ihm vertrauten Lebensweise herausgebildet haben, daher ist es nicht einfach, wenn nicht sogar unmöglich, ein objektives Urteil über das Kriterium von jemandem zu fällen. Wenn man nicht allein, sondern zusammen mit den anderen etwas unternimmt, ist es notwendig, von sich aus seine eigenen Kriterien etwas hintanzustellen und sich mit denen der anderen zu arrangieren, anstatt von den anderen zu erwarten, dass sie auf ihre Kriterien verzichten.

MEINE ZWEITE METHODE LAUTET: »Nimm dir von Anfang an vor, ein bisschen mehr als die anderen zu arbeiten.« In der Regel findet eine Vollversammlung der Teilnehmer einen Tag vor dem Beginn der Vassa statt, bei der einzelne Aufgaben verteilt werden. Man kann den Küchendienst übernehmen, das Aufräumen der Gebetshalle und anderer Räume, oder sich für die allgemeine Sauberkeit und Sicherheit um den Tempel herum verpflichten und noch mehr; es gibt wirklich unterschiedliche Aufgaben. Für einige Aufgaben ist nur eine Person zuständig, aber die meisten werden von mehreren Personen zusammen ausgeführt. Und im letzteren Fall kann es ganz leicht zu einer

Auseinandersetzung kommen, wenn man nicht gut aufpasst. Bereits nach einigen Tagen kann man während der Zusammenarbeit irgendwie den Eindruck haben, dass man selbst mehr arbeitet als die anderen, oder meinen, denjenigen entdeckt zu haben, der seine Aufgabe nicht gut und sorgfältig erledigt, sondern nur halbherzig so tut, als ob er arbeiten würde.

Ist dieser Eindruck berechtigt, oder irrt man sich da? Ich selbst weiß ganz genau, wenn ich gut und fleißig arbeite. Aber wissen das auch die anderen? Nicht immer. Denn sie können es eben nicht sehen, wenn sie nicht in meiner Nähe sind, oder es aus dem Grund nicht mitbekommen, weil meine Arbeit nicht direkt zu sehen ist. Genauso weiß auch ich nicht immer, wie die anderen arbeiten. Ideal wäre es, wenn ich einfach nicht vergleichen würde. Aber für den Fall, dass ich doch auf diese Idee käme, dies zu tun, hätte ich kein Problem und wäre innerlich ruhig, wenn ich mir von vornherein vornehme, ein bisschen mehr zu arbeiten als die anderen.

»AKZEPTIERE die gegebene Situation möglichst optimistisch«, so lautet meine dritte Methode. Vor dem Beginn der Vassa werden die Zimmer aufgeteilt, und dabei richtet man sich normalerweise nach dem Alter. Je älter man ist, desto größer ist die Wahrscheinlichkeit, ein Einzel- oder Doppelzimmer zu bekommen. Sonst wohnt man mit mehreren Personen zusammen in einem großen Zimmer. In diesem Herbst haben zu meinem Bedauern alle Mönche, die älter sind als ich, ein Einzel- beziehungsweise Doppelzimmer bekommen, und beginnend mit mir haben die anderen eines der großen Zimmer bezogen. Wenn ich in so einer Situation ein bisschen negativ denke, laufe ich Gefahr, während der gesamten Vassa unzufrieden zu sein. Denke ich jedoch rasch um, finde ich leicht die Dinge, die zunächst schlecht aussehen, aber eigentlich gut sind, oder umgekehrt.

Nach kurzer Überlegung fand ich einiges, das für mich vorteilhaft ist, wenn ich mir mit mehreren Mönchen ein Zimmer teile. Erstens kann ich beruhigt einschlafen, weil es ausgeschlossen ist, dass ich wegen Erschöpfung verschlafe und deshalb an dem Gebet um drei Uhr morgens nicht teilnehme. Denn es kann durchaus passieren, dass ich die Schläge auf den Holzfisch nicht höre, die den Beginn des Gebets ankündigen, wenn ich ein Zimmer für mich alleine habe. Aber wenn mehrere Mönche im Zimmer sind, werde ich geweckt. Zweitens kann ich alle Neuigkeiten und Ankündigungen während der Vassa schnell und detailliert erfahren. Drittens bin ich in Sicherheit vor Moskitos. Wenn sie ins Zimmer gelangen würden und ich allein wäre, würden sie höchstwahrscheinlich nur mich stechen, aber nicht, wenn im Zimmer noch weitere Mönche sind. Ich kann also schön sorglos bleiben.

MEINE LETZTE METHODE LAUTET: »Stell dir die Frage ›Bist du jetzt auf deine Aufgabe konzentriert?‹, falls du möglicherweise unzufrieden mit jemandem bist oder gar einen Streit mit jemandem anfangen willst.« Wenn die Kōan-Praxis gut läuft, ist man damit beschäftigt, in seinen eigenen Geist zu horchen, und kann sich deshalb nicht in fremde Angelegenheiten einmischen. Wenn wir nicht richtig auf unsere eigenen Dinge konzentriert sind, dann werden wir auf die Fehler der anderen aufmerksam. Mit anderen Worten ist der Fehler der anderen auch unser eigener Fehler, den wir im Spiegel unseres Geistes wiederfinden. In solchen Situationen ist es dringend ratsam, zum Anfang zurückzukehren, an dem der Geist voller Ehrfurcht war, und unbeirrt und still seine eigene Aufgabe zu erledigen, so wie man es sich anfangs fest vorgenommen hatte.

Es scheint zwei Arten des Lernens zu geben.
Man lernt, indem man ein Buch liest oder
die Worte anderer hört und das Gelesene
oder Gehörte mit dem Verstand analysiert.
Oder man lernt, indem man sich selbst bewegt
und Schwierigkeiten erträgt und überwindet.

Der Mensch, der mit dem ganzen Körper,
seinem ganzen Leben gelernt hat,
kommt uns ohne einen triftigen Grund
vertrauenswürdig vor, auch wenn er nichts sagt.
In einem Gespräch mit ihm spüren wir
die Tiefe seiner Worte, sie sind konkret
und zugleich pragmatisch.

Wir haben Verständnis für die Taten eines Menschen,
wenn derjenige uns sympathisch ist.
Dann können wir dieser Person auch verzeihen.
Aber wenn uns jemand unsympathisch ist oder wir mit ihm
in keinerlei Beziehung stehen, entdecken wir in seinen
Handlungen lauter Fehler und können ihm nicht verzeihen.
Unser Geist ist manchmal wirklich kurios.

Ein Mann darf nur so sein,
und eine Frau darf nur so sein.
Eltern dürfen nur so sein, und
Schüler dürfen nur so sein.
Politiker dürfen nur so sein, und
religiöse Menschen dürfen nur so sein.
Wir sehen Menschen nicht, wie sie sind,
sondern beurteilen sie nach den Kriterien,
die wir selbst festgelegt haben.
Stimmt ein Mensch mit diesen Kriterien
überein, wertschätzen wir ihn.

Möchtest du, dass sich deine Beziehung
zu jemandem verschlechtert?
Halte zunächst deine Kriterien für allgemeingültig,
messe dann die betreffende Person
ausschließlich an deinen Kriterien und
sage ihr anschließend unaufhörlich,
sie solle sich ändern.
Dein Erfolg ist garantiert!

Wenn du nur darauf achtest,
immer Recht zu haben, versäumst du zu sehen,
dass du durch dieses Rechthaben andere tief verletzt.
Ich bete für dich, dass dir das nicht passiert.

Es ist wahrscheinlicher, dass der andere
seinen Standpunkt verteidigt, statt sich zu ändern,
wenn wir ihn kritisieren.
Wenn wir ihn wirklich ändern möchten,
sollten wir ihn zunächst loben und
ihm erst danach mit Wärme und Freundlichkeit sagen,
woran er bei sich arbeiten könnte.
Sonst wollen wir uns nur überlegen fühlen,
während wir ihn kritisieren.

Fühlst du dich anderen oft überlegen,
dann, weil du ein tiefes Minderwertigkeitsgefühl
mit dir herumschleppst.
Wer sich selbst mag, weiß andere zu schätzen.

Ein geringes Selbstwertgefühl
verstärkt den Stolz.

Wenn jemand sich nicht ändert, wie oft wir ihm
unseren Standpunkt auch mitteilen mögen,
dann sollten wir uns zunächst danach erkundigen,
was er sich jetzt wünscht.
Mit einer permanenten Wiederholung
unseres Standpunktes erreichen wir nichts.
Wenn wir wirklich mit ihm gemeinsam eine Sache
klären wollen, sollten wir haargenau erkennen,
was er sich wünscht, und ihn anschließend überzeugen,
warum sein Wunsch und unsere Forderung
nur in dieser Form vorteilhaft für beide sind.

Das Leben ist Leiden,
weil ich mich nicht ändere
und mir stattdessen wünsche,
dass die Welt sich meinem Geist
entsprechend ändert.

Du bist derjenige, der am meisten leidet,
wenn du jemanden hasst.
Diesen Hass kannst du überwinden,
indem du diesen Menschen im Stillen segnest,
dass »er glücklich sein möge«.
Sprich diese Worte des Segens einfach mal aus,
auch wenn du es absolut nicht so meinst.
Der Hass in deinem Geist schmilzt langsam
durch die segensreiche Energie dahin,
die deine Worte beinhalten.
Wäre dieser Mensch glücklich, würde er nicht
so handeln, dass du ihn hassen müsstest.

Wird Hass mit Hass vergolten,
wird er niemals enden, und das Leid dauert an.
Das Verständnis und die Liebe, nur sie können
den Kreislauf des Hasses durchbrechen.
Vor dieser schlichten, aber tiefsinnigen Wahrheit,
die seit Jahrtausenden weitergegeben wird,
verbeuge ich mich in tiefer Ehrfurcht.

Die Wut in unserem Herzen
kehrt zu uns als Karma zurück,
wenn wir sie verbal zum Ausdruck bringen.
Und wir werden krank, wenn wir sie unterdrücken.
Betrachten wir die Energie dieser Wut in Ruhe,
verändert sie sich selbst in eine andere Form
und schwindet sogleich.

Beobachte, woraus das Leid besteht,
wenn dein Herz leidet.
Du wirst erkennen, dass dein Leid
aus deinen Gedanken besteht.
Die Gedanken sind jedoch
wie auf Wasser geschriebene Schrift,
manifestieren sich kurz und schwinden gleich dahin,
ohne eine Spur zu hinterlassen.
Leide nicht, indem du dich an deinen Gedanken
festklammerst und diese immer und
immer wieder wachrufst,
denn deine Gedanken verschwinden
doch gleich wieder.

Kommt ein falscher Gedanke auf, ziehen riesige Sorgen
und Befürchtungen wie schwarze Wolken herauf.
Zieht ein falscher Gedanke vorbei, zeigt sich
der Himmel des Herzens schön sorglos und blau.
Sowohl der Himmel als auch die Hölle
entstehen aus einem Gedanken.
Schenke dem falschen Gedanken kein Vertrauen,
lasse ihn los.

Ein Gedanke hat auch Brennmaterial.
Dieses Brennmaterial heißt Emotion.
Ist diese Emotion ausgeschöpft,
hat man diesen Gedanken nicht mehr.

Wenn du an etwas nicht mehr denken möchtest,
dann bringe die Emotion, die hinter
diesem Gedanken steht, beim Malen, Tanzen
oder in einem therapeutischen Gespräch
zum Ausdruck, statt sie zu unterdrücken.

Der Himmel ist von Natur aus eins und
kennt kein Nord, Süd, West und Ost.
Mit unseren Gedanken unterteilen wir ihn aber
in Nord, Süd, West und Ost
und streiten, wer Recht habe und wer nicht.
Auch unser Geist ist von Natur aus nicht geteilt,
sondern eins. Mit unseren Gedanken
klammern wir uns aber an das Bild des »Ichs«
und streiten gegen zahlreiche andere Ich-Bilder
in der Welt, das sei richtig und das sei falsch.

Spricht ein buddhistischer Mönch über die Gesellschaft,
nennt man ihn Scharlatan, sagt ihm,
er solle auf einem Berg meditieren und sich
bloß nicht in die weltlichen Dinge einmischen.
Spricht ein buddhistischer Mönch nicht
über die Gesellschaft, nennt man ihn
einen egoistischen Mönch, sagt ihm,
er sehe das Leid der Menschen nicht.
In diese Zwickmühle geraten,
zerbrechen Mönche sich täglich den Kopf.

☾

Der Wind bläst durch einen lichten Bambushain,
so bleibt doch kein Geräusch zurück,
wenn er weitergezogen ist.
Eine Wildgans überquert einen kalten See,
so bleibt doch keine Spur zurück,
wenn sie weitergezogen ist.
Der Geist eines edlen Menschen manifestiert sich
erst mit dem Aufkommen von etwas,
so wird er doch wieder leer,
wenn dieses Etwas vorbeigezogen ist.

AUS DEM *CAIGENTAN*

☾

Wenn wir wirklich ruhen,
ist unser Geist so still, als gäbe es ihn gar nicht.
Aber wenn wir arbeiten, erwacht dieser Geist,
und es sprudeln neue und frische Ideen aus ihm hervor.
Wir sehen also, dass ein ruhiger Geist alles andere
als tot ist, sondern vielmehr das unendliche Potenzial
aller menschlichen Weisheit in sich birgt.

In einem völlig leeren Raum steht ein Stuhl.
Wir erkennen gewöhnlich nur den Stuhl,
der eine Gestalt hat, wir erkennen aber nicht den völlig
leeren und großen Raum, der keine Gestalt hat.
Doch der Stuhl kann nur existieren,
weil der völlig leere Raum existiert.

Ein Gedanke erscheint im Geist,
der wie ein völlig leerer Raum ist.
Erscheint ein Gedanke,
erkennen wir nur den Gedanken,
aber nicht den völlig leeren Geist.
Doch der Gedanke kann nur erscheinen,
weil der leere Geist es ermöglicht.

Die eigentliche Natur zu erkennen,
bedeutet nicht das Umwandeln
eines negativen Gedankens in einen positiven.
Die eigentliche Natur zu erkennen,
beginnt mit dem Wahrnehmen, dass es einen
völlig leeren und stillen geistigen Raum gibt,
in dem ein Gedanke erscheint und entschwindet.

Kommt der Geist in der Gegenwart an,
entschwindet der Gedanke, und der Geist wird still.
Diese Stille ist völlig leer und leuchtend,
ihre Tiefe ist endlos und ohne Grenzen,
da sie gestaltlos ist.

Alle Gedanken manifestieren sich bloß kurz
aus diesem tiefen Geist, wie die Wellen
aus dem tiefen Ozean nur kurz anhand ihrer Gestalt
von außen sichtbar werden.
Kein Gedanke hat jemals den tiefen
und reichhaltigen Ozean verlassen.

Ein Gedanke geht zu Ende,
ein neuer Gedanke kommt auf,
dazwischen ist der Raum des Geistes
völlig leer, aber lebendig.
Spürst du diesen Raum?

Eine Geschichte vom Meer des Geistes

ES WAR EINMAL ein kleiner Fisch, der in der Mitte des pazifischen Ozeans wohnte. Sein Kopf war rundlicher als bei den anderen Fischen, deshalb nannten ihn alle »den Runden«. Der Runde interessierte sich kaum für die Suche nach Futter und auch nicht dafür, bei seinen Freunden beliebt zu sein. Schon seit seiner Kindheit galt sein Interesse ausschließlich dem Kennenlernen des großartigen und heiligen Wesens, das man »Meer« nennt. Den Runden hatte sein Großvater großgezogen und ihm auch vom Meer erzählt. Er hatte ihm gesagt, dass das Meer alles, was der Runde sehe, erschaffen habe. Auch allerlei Nahrung erschaffe das Meer und ernähre damit alle Lebewesen. Dennoch stelle sich das Meer niemals in den Vordergrund oder prahle mit seinen Fähigkeiten. Es sei immer barmherzig, unterscheide nicht zwischen den Lebewesen und liebe nicht den einen mehr und den anderen weniger, sondern alle gleichermaßen. Das Meer, sagte der Großvater, umarme alle Wesen herzlich.

Für den Runden war es äußerst verblüffend, dass das Meer dem querköpfigen Onkel Hai, vor dem er Angst hatte, und der hässlichen Tante Krabbe die gleiche Liebe schenke. Außerdem hatte der Großvater gesagt, dass das Meer stets in der Nähe von allen Lebewesen sei, obwohl keines von ihnen es sehe, und dass es über alle Lebewesen Bescheid wisse. Deshalb beteten zahlreiche Fische in schwierigen und harten Zeiten zu dem großartigen und heiligen Wesen Meer und opferten dabei kostbare Schätze wie Perlen oder prachtvolles Essen, und dieser Brauch wurde von Generation zu Generation weitergegeben.

ALLERDINGS SEIEN die Fische, die das großartige Wesen Meer wirklich gesehen hatten, an nur einer Hand abzuzählen, hatte der Großvater auch gesagt. Wie eine Legende wurde weitererzählt, dass nur wenige besondere Fische nach langer Reise als Suchende das Meer getroffen hätten. Der Weg jedes Suchenden verlangte größte Geduld und Mühe, was gewöhnliche Fische dazu veranlasste, es nicht einmal zu wagen. Zunächst müsse ein Fisch eine körperliche und geistige Reinigung vollziehen, beispielsweise müsse er seine Nahrungsaufnahme auf die Hälfte reduzieren, dem anderen Geschlecht fernbleiben und jedes Mal, wenn ein schlechtes Verlangen oder ein unnötiger Gedanke hochkomme, habe er auf der Stelle ein Gebet der Buße zu entrichten.

Erst nachdem diese reinigende Zeit vergangen sei und sich sein Geist mit der Stille zu füllen begonnen habe, werde der Fisch das Elternhaus verlassen und eine tiefe, dunkle Höhle passieren. In dieser Höhle gebe es keinen einzigen Lichtstrahl, nicht einmal ein Korallenriff, und sie werde »Höhle des Todes« genannt, da man tatsächlich das Gefühl habe, man mache eine Nahtoderfahrung. Damit man diese Höhle passieren könne, sei daher der Glaube notwendig, dass das Meer stets bei einem sei, auch wenn es unsichtbar ist. Das Passieren dieser Höhle dauere jedoch unendlich lange und sei angsteinflößend, sodass viele Fische, wie stark ihr Glaube auch sei und wie sehr ihr Geist auch mit Stille gefüllt sein möge, mittendrin ihren Weg aufgegeben hätten. Es gebe auch Fische, die einmal diese Höhle betreten und nie wieder herausgekonnt hätten.

Das waren die Gründe, warum der Großvater voller Sorgen und Kummer den Runden anschaute, anstatt ermutigende Worte an ihn zu richten, als der Runde begann, zu fasten und Gebete der Buße zu entrichten. Der Großvater schien zu bereuen, dass er seinem Enkelkind vom Meer erzählt hatte. Auch dem Runden war bewusst, dass er, ohne das Meer getroffen zu haben, sich möglicherweise in der Höhle des Todes verletzen oder aus irgendeinem Grund nicht lebend nach Hause zurückkehren könnte.

Dann hätte sein Großvater niemanden, der sich um ihn kümmern würde. Daher machte sich der Runde Sorgen um seinen Großvater, und sein Herz wurde schwer. Dennoch konnte er sein Vorhaben nicht aufgeben. Seine Leidenschaft, das großartige Wesen Meer zu treffen, überwog all seine Sorgen und Ängste. Schließlich konnte er den Großvater überzeugen und trat den Weg des Suchenden an.

EINEN MONAT SPÄTER, nachdem er das Haus verlassen hatte, erreichte der Runde endlich mühsam die Höhle des Todes. Er betete hingebungsvoll: »Barmherziges Meer, du bist bei mir, und ich möchte dich sehen. Wo bist du?« Mit diesem Gebet schwamm er in die Höhle hinein, und auf der Stelle umschloss ihn die absolute Dunkelheit. So schwamm er in der Höhle, und es verging etwa ein halber Tag. Da er in der vollkommenen Dunkelheit verweilte, kam es ihm so vor, als wäre die Zeit stehengeblieben und er selbst sei körperlos. Er fühlte sich, als wäre er in einen traumlosen, tiefen Schlaf gefallen. Mit der Zeit verschwand seine anfängliche Angst aus seinem Geist immer mehr und wurde allmählich durch friedliches Schweigen ersetzt. Der Runde war erstaunt, dass der Zustand, in dem er nichts sah und nichts hörte, dermaßen friedlich und warm sein konnte.

Wie viele Tage waren vergangen? In der weiten Ferne nahm der Runde auf einmal eine winzige Lichtquelle wahr. Sogleich begann er intuitiv auf sie zu zu schwimmen. »Wenn ich endlich aus dieser Höhle komme, kann ich das Meer treffen«, kam ihm urplötzlich in den Sinn – der erste Gedanke nach langem Schweigen. Aber genau in diesem Moment durchfuhr den Runden die Erleuchtung. »Ist das Meer, nach dem ich so innig gesucht habe, möglicherweise ein gestaltloses Wesen wie das Schweigen? Ich habe die Höhle des Todes passiert, und das Schweigen hat mir die ganze Zeit hindurch Frieden und Wärme geschenkt. War das Meer schon immer im Schweigen? Wie mein Gedanke gerade eben durch das Schweigen herausgeströmt ist, entstammen vielleicht auch alle sichtbaren Gestalten dem Meer, das im Schweigen ist … Bin ich etwa selbst ebenfalls ein Teil des Meeres, das im Schweigen existiert?« Dieses starke Gefühl überkam den Runden.

Als der Runde endlich aus der Höhle herauskam, sah er zahllose Schwärme von Fischen friedlich im Wasser umherschwimmen, eine ihm sehr vertraute Szenerie. Allerdings fing er an, nicht nur die Fische, sondern auch das durchsichtige Schweigen im gestaltlosen Meer zu erkennen.

Unser Geist wird aufgewühlt, und in uns entsteht
das Gefühl, dass wir von der Welt getrennt sind.
Grund dafür ist ein Gedanke.
Wir werden Sklaven dieses Gedankens,
wenn wir uns in unserem Geist an ihn klammern
und ihm verfallen. Je tiefer und friedlicher
unsere Atemzüge sind und je konzentrierter
unsere Aufmerksamkeit auf unseren Atem ist,
desto weniger werden unsere Gedanken.

Wenn wir Erleuchtung erleben,
öffnet sich die Tür unseres Geistes,
sodass wir nicht nur gedanklich, sondern
als ganzer Mensch unsere Verbundenheit
mit der Welt spüren. Beobachte dich selbst,
ob es ein separates Ich gibt, das von
der Welt getrennt existiert, während
du anderen Menschen eine Freude machst.

Kehrt der Geist, der mit Sorgen bezüglich der Zukunft
und den Erinnerungen an die Vergangenheit angefüllt war,
in die Gegenwart zurück, in der wir gerade atmen,
hören unsere Gedanken vollständig auf,
und der Geist wird still. Nun wacht der stille Geist auf,
der hinter den Gedanken existiert,
und wir beginnen, uns selbst zu erkennen.

Es gibt den Geist, dem Gedanken und Gefühle
immanent sind, es gibt aber auch den Geist,
der völlig leer und still ist, nachdem die Gedanken
und Gefühle verschwunden sind.
Der erste Schritt des Praktizierens besteht aus dem Spüren,
dass die gesamte Welt vollkommen von diesem
leeren und stillen Geist erfüllt ist.

Unser Geist regeneriert, und unser Körper bekommt
wieder Kraft durch einen traumlosen, tiefen Schlaf.
Der gedankenlose, völlig leere und stille Zustand
des Geistes bedeutet nicht den Tod oder
den Müßiggang, sondern das vollkommene Ausruhen,

das vollkommene Leben, die vollkommene Heilung,
den vollkommenen Frieden, die vollkommene Freiheit
und die vollkommene Schöpfung.

Es gibt eine Welt, die wir mit den Augen
sehen können, es gibt aber auch eine Welt,
die wir mit den Augen nicht sehen können.
Ein religiöser Mensch zu werden, bedeutet,
dass man die Welt zu spüren beginnt,
die mit den Augen nicht zu sehen ist.
Im Laufe der Zeit wird dieser religiöse Mensch
reifer und reifer und erkennt, dass die sichtbare
und die unsichtbare Welt nicht zweierlei,
sondern erstaunlicherweise EINS sind.

Mit dem Reifen unseres Bewusstseins reifen
ebenfalls Gott und Buddha mit, wie wir sie kennen.
Die Tiefe unseres Verständnisses,
das wir von Gott und Buddha haben,
und das Reifen unseres Bewusstseins
stehen in einem direkten Zusammenhang.

Wenn wir über die tiefe Bedeutung der religiösen
Symbole nachdenken oder selbst eine
spirituelle Erfahrung machen, erkennen wir mit der Zeit
zunehmend, dass es zwischen den Religionen
mehr Ähnlichkeiten gibt als Unterschiede.
Ohne eine solche Erfahrung bleiben wir an die
bloßen Symbole gefesselt, sehen nur
den Unterschied zwischen den Religionen und
schätzen die anderen Religionen gering.

Wir sind keine menschlichen Wesen
mit spiritueller Erfahrung, sondern spirituelle Wesen
mit menschlicher Erfahrung.

PIERRE TEILHARD DE CHARDIN

Für einen Fisch ist das Meer seine Heimat,
aber er spürt das Wesen des Meeres erst,
wenn er mit dem Schwimmen beginnt.
Für einen Vogel ist der Himmel die Bühne
seines Lebens, aber er erkennt das Wesen des Himmels
erst, wenn er mit dem Fliegen beginnt.

Wir Menschen leben in einer Welt
des Gestalthaften, aber wir erfahren Leiden,
das das Festklammern an das Gestalthafte hervorbringt,
suchen unnachgiebig nach der gestaltlosen
Ursprungswelt und erkennen erst dann, dass wir selbst
immer in jener Ursprungswelt existiert haben.

Anfangs habe ich dich in den heiligen Statuen
im Tempel gesucht. Danach in den spirituellen Lehrern
sowie Großmeistern oder Gurus.
Danach in den Lehren der alten Sutren.
Aber jetzt spüre ich dein Wesen überall.
Wie der Sonnenschein leuchtest du immer still und hell.

Schließlich werden wir die Wahrheit erkennen,
dass die Antwort auf unsere Frage,
nach der wir so lange gesucht haben, nicht erst
zu finden ist, wenn wir das Ziel erreicht haben,
sondern immer, auch während unserer Pilgerzeit,
greifbar war. Die Wahrheit, dass wir
immer schon wussten und dennoch gesucht haben.

Du hast keine Ahnung, wie sehr ich
nach einem Geschenk für dich gesucht habe.
Nichts schien richtig.
Was macht es für einen Sinn,
Gold zur Goldmine zu bringen
oder dem Ozean Wasser zu schenken.
Alles, was mir einfiel, war,
wie Gewürze nach Indien zu bringen.
Was bringt es, dir mein Herz oder meine Seele
zu geben, denn du hast sie bereits.
Also habe ich dir einen Spiegel gebracht.
Erblicke dich selbst und erinnere dich an mich.

JALAL AD-DIN MUHAMMAD RUMI

Unsere einzige Sünde ist, dass wir
vergessen haben, was wir wirklich sind.
Wir sind kein Blatt am Baum,
das zärtlich hin- und herwiegt,
sondern der gesamte Baum.

Die Wahrheit ist uns meistens bekannt.
Das ist so, weil sie unsere eigene Geschichte ist.
Sie bekommt jedoch eine neue Tiefe,
wenn wir sie wiederholt hören.

Die Freude beim Erwachen der Intelligenz
fühlt sich wie ein unglaublicher Reichtum des Geistes an,
so als hätten wir die gesamte Welt gewonnen.
Die Freude beim Erwachen des spirituellen Geistes
fühlt sich wie die Rückkehr in die Heimat an,
nach der wir so lange und überall gesucht haben.

Erwacht die Intelligenz, entsteht in uns
ein Maßstab der Werte, dadurch lassen wir uns
nicht mehr von dem Maßstab der anderen irritieren.
Erwacht der spirituelle Geist, erkennen wir
wahrhaftig, wer wir sind, dadurch lassen wir
uns nicht ein zweites Mal verführen.

Im Leben haben wir kein einziges Mal
einen Moment erlebt, in dem unser Geist abwesend ist.
Unser Geist ist immer da.
Sein Zustand kann sich immerwährend ändern
durch die aufkommenden Gedanken und Emotionen,
aber der Geist an sich kann nicht durch Anstrengung
entstehen oder ausgelöscht werden.

Der Geist ist wie der leere Himmel und lässt Wolken
voller Gedanken und Emotionen entstehen,
aber diese Wolken können den Himmel des Geistes
nicht für alle Ewigkeit aufwühlen oder verschmutzen.
Der Ursprung des Geistes ist leer und
rein für alle Ewigkeit und existiert zugleich
bereits im Zustand der erleuchteten Stille.

Die erwachende Stille und das klare Schweigen

AN EINEM WARMEN Frühlingtag ließ ich alles für eine Weile liegen und zog mich zurück. Sich vom hektischen Alltag eine kleine Pause zu gönnen, ist eine gute Medizin sowohl für den Körper als auch für die Seele. Vor allem hat die Zeit der Begegnung mit dem tiefen, klaren Schweigen eine unschätzbar große Bedeutung. Denn unsere Natur erwacht und manifestiert sich erst, wenn alles vollkommen zur Ruhe gekommen ist. Es ist lange her, dass ich etwas geschrieben habe. Es ist Mai, der Monat, in dem auch der Geburtstag Buddhas gefeiert wird, und ich sitze still im Zimmer und schreibe einen kleinen Text über die Pflege des Geistes und hoffe, er möge den Menschen, die die grundlegende Frage »Wer bin ich?« im Herzen tragen, eine kleine Hilfe sein.

WENN WIR ruhig sitzen und unseren Geist betrachten, kommen natürlicherweise ohne Unterlass Gedanken und Gefühle hoch, die relativ leicht zu erkennen sind. Im Vergleich dazu aber erkennen wir die Stille, die zwischen einem Gedanken und dem nächsten existiert, nicht so leicht. Zwischen den Gedanken und zwischen den Gefühlen ist also das klare Schweigen vorhanden, das sich wie leer anfühlt, aber diesen leeren Raum nehmen viele Menschen nicht wahr und gehen einfach an ihm vorbei. Das geht damit einher, dass das klare Schweigen anders als ein Gedanke oder ein Gefühl gar keine Gestalt besitzt, sich deswegen nicht ohne weiteres fassen lässt und es dementsprechend auch sehr schwierig ist, sich auf einen Teil davon zu konzentrieren.

Im Gegensatz zum klaren Schweigen haben Gedanken und Gefühle eine Gestalt, und daher können wir sie den anderen erklären oder über sie schreiben. Weil sie eine Gestalt haben, identifizieren wir uns aus langer Gewohnheit mit unseren Gedanken und Gefühlen. Daraus folgend klammern wir uns an »meinen Gedanken« und »mein Gefühl« und definieren anhand dessen uns oft mit »Ich bin soundso«. Hierbei stellt sich dann die Frage: Gab es vor dem Aufkommen eines Gedankens und eines Gefühls das »Ich« nicht, wenn sie wirklich »Ich« sein sollten? Sollten sie wirklich »Ich« gewesen sein, dann müsste ein Teil des Wesens vom »Ich« doch ebenso verschwinden, wenn die Zeit vergeht und der Gedanke und das Gefühl verschwinden. Verschwinden wir wirklich zusammen mit dem Gedanken und Gefühl?

Wir waren bereits da, bevor der Gedanke und das Gefühl aufkamen, und existieren auch unbekümmert und zweifellos weiter, nachdem sie gänzlich verschwunden sind. Das bedeutet, dass der Gedanke und das Gefühl, die in uns aufkommen, nicht das »Ich« als das ursprüngliche Wesen sind, sondern bloß im Wesen des »Ichs« kurz entstehen wie eine Wolke. Was ist dann das »Ich«, das schon wesentlich früher als der Gedanke oder das Gefühl existiert hat? Genau das zu erkennen, ist das Ziel so vieler Praktizierender, die versuchen, vollständig von den Gedanken loszukommen, und dafür verschiedene Meditationsarten und die Kōan-Praxis nutzen. Die Antwort auf diese Frage sollte jeder Mensch durch eigene, direkte Erfahrung selbst finden, dennoch möchte ich an dieser Stelle ein paar Worte verlieren, die unzulänglich sind, aber möglicherweise für den einen oder anderen hilfreich sein könnten.

ICH VERZICHTE AUF eine lange Erörterung und komme direkt zum Punkt. Es ist genau das klare Schweigen, das vor dem Aufkommen des Gedankens und des Gefühls existiert hat und auch nach dem Verschwinden des Gedankens und des Gefühls weiter und unverändert existieren wird. Dieses Schweigen ist lebendig, und nur deswegen sind jedwede Erkenntnisse möglich. Bei genauerer Betrachtung erkennt man, dass alle Gedanken und Gefühle aus dem klaren Schweigen heraustreten, sich manifestieren und wieder in jenes Schweigen zurückkehren, wenn die Zeit vergangen ist. Das Schweigen ist kein leerer, bedeutungsloser und toter Raum, sondern ein barmherziger und lebendiger, in dem die gesamten Gedanken und Gefühle erzeugt werden. Als ein barmherziger und lebendiger Raum bietet sich dieses Schweigen den Gedanken als Platz an, damit sie sich manifestieren können; das klare Schweigen umarmt Gedanken und lässt sie wieder los, wenn sie verschwinden wollen.

Gehen wir einen Schritt weiter und schauen uns nun die Position des klaren Schweigens an. Zunächst wollen wir die Augen schließen, tief einatmen und das Schweigen der Stille spüren. Ist diese Stille nur im Inneren unseres Körpers oder ist sie auch außerhalb unseres Körpers vorhanden? Im Falle, dass die Stille auch außerhalb unseres Körpers vorhanden ist, lässt sich eine weitere Frage stellen: Existieren die Stille in unserem Körper und die außerhalb unseres Körpers jeweils in einer anderen Gestalt, oder sind sie ein und dieselbe Stille ohne eine solche Unterscheidung?

Was ist das Ende des klaren Schweigens? Gibt es das Ende dieses Schweigens, und ist dieses Ende zu erreichen? Lasst uns betrachten, ob es im Schweigen eine Grenze gibt.

Zum Schluss wollen wir überprüfen, ob das klare Schweigen verlorengehen kann oder wir es vollständig entfernen können.

Nein, wie laut ein Geräusch auch sein mag, wird das Schweigen gleich wiederhergestellt und kehrt zum ursprünglichen, unverletzten stillen Zustand zurück, sobald das Geräusch verstummt ist.

Das Schweigen der Stille, das klar wie ein Diamant ist und weder zerbrochen werden noch verlorengehen kann, ist im Universum endlos anzutreffen. Ich wünsche dir aus vollem Herzen, dass dir das klare Schweigen begegnet, das in der Stille liegt und diese erwachen lässt. Die tiefe, friedliche Ruhe und die ewige Freiheit, die Quelle des Lebens und die warme Liebe sind ebenso in diesem Schweigen zu finden.

Ich erkannte erst, nachdem ich im Sitzen
die Stille gespürt habe, dass mein Geist
im Alltag aufgewühlt war.

Ich erkannte erst, nachdem ich geschwiegen habe,
dass meine Worte im Alltag Lärm waren.

Ich erkannte erst, nachdem ich auf die
vergangenen Ereignisse zurückgeschaut habe,
dass meine Zeit im Alltag eine Vergeudung war.

Ich erkannte erst, nachdem ich die geöffnete Tür
zur Welt geschlossen habe, dass ich zu viel
auf das Beisammensein mit anderen Menschen gab.

Ich erkannte erst, nachdem ich meine Gier
losgelassen habe, dass ich fehlerhaft im Alltag war.

Ich erkannte erst, nachdem ich Mitleid
gefühlt habe, dass ich bisher herzlos war.

CHEN JIRU, DICHTER AUS DER ZEIT
DER MING-DYNASTIE

Kapitel 2

Die Zeit, die ich mir für mich nehme

Nein, ich kann das nicht

VOR EIN PAAR Tagen habe ich zufällig das Gedicht *Der Mut* von Gyu-Gyeong Lee kennengelernt. Während ich jenes Gedicht hörte, war ich unerwartet gerührt, und eine alte Erinnerung kam in mir hoch. Zum Titel passend beginnt das Gedicht mit der Zeile »Selbstverständlich kannst du das«.

Der Mut

Selbstverständlich kannst du das,
sagten die Leute.

Fasse Mut,
sagten die Leute.

Deswegen fasste ich
Mut.

Ich fasste Mut
und sagte:
Nein, ich kann das nicht.

DIESES GEDICHT endet gekonnt mit einem Stich in unsere Schwachstelle: »Nein, ich kann das nicht.« Man rechnet natürlich mit einer tugendhaften Zeile, die dem Zeitalter der Industrialisierung entspricht, beispielsweise: »Selbstverständlich will ich mir Mühe geben und Mut fassen, dann schaffe ich das auf jeden Fall.« Stattdessen bekommen wir ein ehrliches, offenes und privates Geständnis zu hören. Mir scheint, dass der Dichter uns mit diesem Gedicht sagen wollte, Mut bedeutet nicht nur, dass man unter entsetzlichen Mühen auf jeden Fall Erfolg habe. Nein, Mut bedeutet manchmal auch, dass man sagt, etwas nicht zu können. Nein, ich kann das nicht, ich bin nicht in der Lage, das zu schaffen, dieser Weg scheint nicht der richtige für mich zu sein; das sagen zu können, sei auch Mut – und das ist sehr wahr.

Ich bin Professor für Religionswissenschaft und habe sieben Jahre lang an einem College in Amerika gelehrt; und heute, wenn ich an jene Zeit zurückdenke, erscheint mir dieser Weg weniger eine Wahl gewesen zu sein, die meinem tatsächlichen Wunsch entsprang, als vielmehr ein Weg, den ich gegangen bin, als wäre es ein Naturgesetz, weil die Menschen um mich herum davon ausgegangen waren, dass ich »selbstverständlich diesen Weg beschreiten« werde. Während meiner Promotionszeit hatte ich nur die älteren Kommilitonen im Auge, die nach dem Studium an amerikanischen Universitäten als Professor tätig wurden. Ohne genau zu wissen, was Professor zu sein bedeutete, war ich schon einer von ihnen, weil ich die Anerkennung von den Kommilitonen und Professoren in meinem Umkreis wollte. Das bedeutet, dass ich mich mit einer ernsthaften Frage, von der meine Zukunft abhing, nicht an mich selbst gewendet habe, sondern eifrig beobachtet habe, wie die anderen handeln … und ihnen dann gefolgt bin.

ALLERDINGS ERKANNTE ICH, nachdem ich selbst eine Professur erhielt, dass die Position eines Professors eine wesentlich andere war, als ich mir vorgestellt hatte. Mich liebevoll um die Studenten zu kümmern und ihnen gute Seminare anzubieten, das war nicht das Wichtigste in der Welt der Professoren. Abhandlungen zu verfassen, und zwar möglichst viele und in kurzer Zeit, Forschungsgelder von außen zu holen und so zu handeln, wie die älteren Kollegen es von einem jüngeren erwarten, solche Dinge ebneten einem stattdessen den Weg zur Anerkennung und Beförderung innerhalb der Universität. Vor allem waren alle unglaublich rastlos. Denn man musste um die gesamte Welt reisen, weil es eben so wichtig war, an verschiedenen Konferenzen und Workshops teilzunehmen, dort seine neuen Abhandlungen vorzutragen und Kontakte mit anderen Wissenschaftlern zu knüpfen. Das bedeutete dann, dass man während des Semesters sich oft fern von der Uni aufhielt, und dies traf besonders auf renommierte Professoren zu.

Im vierten Jahr meiner Tätigkeit als Professor musste ich mir eingestehen, dass ich nicht in der Lage war, ein hervorragender Wissenschaftler zu werden. Ich verfasste zwar Abhandlungen, dafür aber benötigte ich mehr Zeit als meine Kollegen, und so sanftmütig und introvertiert wie ich war, konnte ich mich nicht aktiv genug darum kümmern, für Drittmittel zu werben oder Kontakte zu anderen Forschern zu knüpfen. Ich bin vor allem Mönch geworden, weil mir der Weg des Suchenden zusagte, genauso wie ich Religionswissenschaft studiert habe, um als Praktizierender Hilfe zu bekommen und nicht um Forschungsarbeiten über Persönlichkeiten der Religionsgeschichte zu verfassen. Ich verlor langsam mein Interesse am Leben als Wissenschaftler.

»HABE ICH die Führung meines Lebens in der Hand?« Genau diese Frage beinhaltet ein bedeutungsvolles Element des Glücklichseins. Man fühlt sich nämlich glücklich, wenn man sich mit etwas beschäftigt, weil man es selbst will; man fühlt sich nicht glücklich, wenn man bei der Entscheidung für seine eigene Zukunft, so wie auch bei mir, nicht an sich selbst, sondern an die Erwartung der Menschen um sich herum gedacht hat und sich schließlich mit etwas beschäftigt, zu dem man von diesen Leuten gedrängt wurde. In diesem Fall hat man bedauerlicherweise die Führung seines Lebens nicht mehr selbst in der Hand, und die Arbeit kommt einem, wie fantastisch sie für Außenstehende auch sein mag, sehr schwer vor. Das ist keine Seltenheit heute und geht damit einher, dass vielen Menschen anscheinend der Mut fehlt, zu sagen: »Nein, ich kann das nicht«, »Ich bin nicht in der Lage, das zu schaffen« und »Dieser Weg scheint nicht der richtige für mich zu sein«.

Tae-Gyun Heo, ein Psychologe und der Verfasser von *Zufällig Koreaner*, ist der Meinung, dass Koreaner »die Kunst des Aufgebens« lernen müssen, wenn sie glücklich werden wollen. Denn wenn jemand seine Arbeit aufgibt, meint er nicht, dass er nichts tun will, sondern dass er sich selbst für eine andere Arbeit entscheidet, für die er besser geeignet ist. Es versteht sich von selbst, dass er dabei Angst hat, und er braucht enormen Mut, wenn er eine Arbeit aufgeben will, die ihm ein gesichertes Leben gewährleistet. Als ich meinen Bekannten erzählte, dass ich meine Professur in Amerika aufgeben wolle und die *Schule der gebrochenen Herzen* in Insadong in Korea eröffnen würde, waren die meisten zunächst besorgt und haben versucht, mich von meinem Vorhaben abzubringen. In der Tat wusste auch ich anfangs nicht, wie sich das Ganze entwickeln würde. Ich habe aber die Zeit, in der ich in der Dunkelheit tappen musste, durchgehalten, und heute, knapp vier Jahre später, ist eine weitere *Schule der gebrochenen Herzen* in der Stadt

Busan eröffnet worden, die ein bedeutungsvoller Ort geworden ist, an dem etwa dreitausend Menschen pro Jahr zusammen mit etwa fünfzig Lehrern eine Zeit der Heilung und des Wachstums verbringen.

Nicht selten suchen mich an diesem Ort Studenten auf. Ihre Augen sind voller Verzweiflung, und sie erzählen zum Beispiel, dass sie das juristische Staatsexamen auch in diesem Jahr nicht geschafft haben. An diese Studenten möchte ich nun das Wort richten:

»Es ist schon in Ordnung, wenn du sagst, dass du das nicht kannst. Frag dich selbst und nicht die anderen nach dem Weg, der zu dir passt, und setze dann langsam einen Fuß vor den anderen. Dann kannst du schließlich viel glücklicher werden, als es dir das Bestehen des juristischen Staatsexamens ermöglicht hätte. Auf lange Sicht kannst du unglaublich dankbar für das Nichtbestehen dieses Examens sein. Deswegen solltest du Mut fassen und deinen eigenen Weg suchen, obwohl alles im Moment ein bisschen düster aussieht und du dich ratlos fühlst. Verzage nicht, deine Zeit wird kommen!«

Mache dir selbst ein besonderes Geschenk,
wenn dein Leben hektisch und schwierig erscheint – die Stille.
Lasse die Arbeit kurz liegen und schließe deine Augen,
tritt einen Schritt beiseite, schaffe Abstand zu dir selbst
und schaue dich wie im Spiegel an.
Achte einfach darauf, wie du dich jetzt körperlich fühlst,
lausche dem, was deine Seele dir zuflüstert.

Ist mein Geist still geworden,
betrachte ich mit der Kraft dieser Stille
langsam und sorgfältig meine jetzige
Lebenssituation und meinen Geist.
Will ich dieser Arbeit weiter nachgehen?
Welche Richtung ist fur mich die richtige?
Was wünsche ich mir wirklich?
Die Weisheit in der Stille wird mir antworten.

Laufen die Dinge nicht so, wie wir es wollen,
atmen wir tief ein und aus und nehmen uns Zeit
für eine ruhige Einkehr.
Mit der Energie, die durch ruhiges Atmen und
der Weisheit der Einkehr entsteht,
können wir nun kraftvoll in eine Richtung schreiten,
die große Möglichkeiten verspricht.
Misserfolge führen uns schließlich zum Erfolg.

Ist dein Wunsch nicht in Erfüllung gegangen,
heißt das nicht, dass deine bisherigen Mühen
bedeutungslos waren.
Die zahlreichen Erfahrungen und das Wissen,
die du während dieser Mühen gesammelt hast,
werden in einer anderen Form eine
nützliche Verwendung finden.
Hast du dabei etwas gelernt, ist diese Erfahrung
wertvoll, auch wenn du gescheitert bist.
Obwohl diese Worte dein Herz gerade
nicht berühren können, wird der Tag kommen,
an dem du für die jetzige Erfahrung dankbar sein wirst.

Sei stark. Scheitern, Fehler machen,
im Kreuzfeuer der Kritik stehen –
all das gehört zum Leben.
Wenn es etwas gibt, das du bereust, dann stehe auf
und zeige der Welt heute ein besseres Ich,
statt verzweifelt zu sein.
Sei stark.

Hat jemand dich abgelehnt, sei nicht zu sehr verletzt.
Wer weiß, ob nicht ein besseres Schicksal auf dich wartet.
Im Leben ist man im Nachhinein oft über Maßen dankbar
dafür, dass etwas nicht so gekommen ist,
wie man es sich gewünscht hatte.

Jemand hat Dinge abgelehnt
und nicht dein Wesen.
Derjenige hat diese Entscheidung getroffen,
weil sie seiner Lebenssituation entsprach,
und nicht, weil er auf dich herabschauen wollte.

Man kann sich in ein Ziel oder eine Person
Hals über Kopf verlieben und denken,
dieses Ziel oder diese Person müsse man unbedingt haben.
Das ist aber kein guter mentaler Zustand.
Auf der Welt gibt es so viele verschiedene Wege
und unzählige Menschen.
Gelingt dir das Erreichen des einen Ziels nicht,
kannst du dir ein anderes Ziel setzen, mag diese Person
dich nicht, kannst du dich mit einer anderen treffen.
Der Weg, auf dem du dich Hals über Kopf verliebt hast,
ist nicht der einzige oder beste.

Halte nicht allzu lange an den Dingen fest,
nur weil du ihnen viel Zeit und Liebe gewidmet hast.
Die Fähigkeit, etwas zu einem angemessenen Zeitpunkt
aufzugeben, zeugt auch von Weisheit.
Aufgeben bedeutet nicht zu scheitern,
sondern sich einem neuen Weg zuzuwenden,
der sich öffnet.

Wenn du eine Sache unbedingt perfekt machen willst,
fällt es oft schwer, sie wirklich zu beenden.
Wenn du eine Sache nicht beenden kannst,
wirst du mit der Zeit vermehrt unruhig.
Während ich meine Doktorarbeit schrieb,
sagte mein Doktorvater:
»Eine gute Forschungsarbeit ist die beendete.
Die Wahrscheinlichkeit ist gering,
dass deine Doktorarbeit das beste Buch deines Lebens wird,
also schließe sie jetzt einfach ab.«

Weiß man selbst nicht, was man mag,
weil man keine eigenen Kriterien hat,
richtet man sich gezwungenermaßen nach
den Kriterien der anderen und wünscht sich das,
was die anderen sich wünschen.
Solche Wünsche sind bedauerlicherweise
in der Regel entweder sehr kostspielig,
oder aber die Konkurrenz ist hart.

In solcher Gesellschaft müssen wir daher,
mit schwerer Selbstverleugnung, dreiviertel unserer selbst
aufgeben, um uns den andern zu verähnlichen.

ARTHUR SCHOPENHAUER

Du willst dich auf Anraten anderer für eine Sache
entscheiden, mit der sich viele bereits beschäftigen,
und dich abmühen, um besser als die anderen zu sein.
Wäre es nicht langfristig besser, wenn du dir Zeit lassen
und eine Sache finden würdest, die gut zu dir passt
und der sich auch nicht viele widmen?

Du kannst nahezu endlos darüber nachdenken,
was du wirklich willst und gut kannst,
aber du wirst dennoch nicht fündig.
Denn das, was du willst und gut kannst,
findet dich, während du Verschiedenes ausprobierst.

Wenn es etwas gibt, was dir nicht vollständig gefällt,
dann lasse dir Zeit und warte ab.
Während du dir mit der Entscheidung Zeit lässt und eifrig suchst, kommt der Moment,
in dem der perfekte Partner, die perfekte Arbeit
oder der perfekte Gegenstand
direkt vor dir auftaucht.

Der Weg unserer Zukunft zeigt sich Stück für Stück
und nicht mit einem Male vom Anfang bis zum Ende.
Der Traum ist kein Fertigprodukt, das man
aus einem Automaten ziehen kann, sondern etwas,
das wir langsam und Schritt für Schritt aufbauen.
Fange mit dem Leichtesten an, das du jetzt sofort machen kannst, dann zeigt sich deine Zukunft Stück für Stück.

Ich wollte aus vollem Herzen Erleuchtung erlangen,
daher bin ich buddhistischer Mönch geworden,
unabhängig davon, was die anderen dachten.
Gibt es etwas, das du wirklich
aus vollem Herzen willst, dann tue es.
Deine Eltern, deine Familie und auch die Welt
möchten schließlich, dass du glücklich wirst. Fasse Mut!

Hast du ein Ziel, das du erreichen möchtest?
Dann schreibe es auf ein Blatt Papier und notiere
direkt darunter konkrete Dinge, die du jetzt dafür tun kannst,
um dich auf dieses Ziel zuzubewegen.
Hänge dieses Blatt an die Wand und schaue es
jeden Tag eine Minute lang an.
Die Wahrscheinlichkeit steigt, dass du die Dinge
auf dem Blatt in die Tat umsetzt.

Je größer die Entfernung ist zwischen dem jetzigen Ich
und dem Ich, das du sein möchtest,
desto eher wirst du depressiv.

Führe eine ehrliche Diagnose deiner jetzigen Fähigkeiten
durch und setze dir ein realistisches Ziel.
Hast du erst ein Ziel erreicht, fällt es dir leichter,
das etwas weiter entfernte Ziel zu erreichen.

Wir wollen gewöhnlich vieles innerhalb kurzer Zeit
erreichen und setzen uns selten ein Ziel,
das wir in zehn oder zwanzig Jahren erreichen möchten.
Sei nicht enttäuscht, wenn du dein Ziel
nicht innerhalb kurzer Zeit erreicht hast.
Derjenige, der stetig und mit langem Atem läuft,
vollbringt letztlich das Großartige.

Wenn du zwischen dem, was du gut kannst,
und dem, was du tun möchtest, hin- und hergerissen bist,
überprüfe doch, ob du nicht beides gleichzeitig
machen könntest.
Das, was du gut kannst, betreibst du weiter
für deinen Lebensunterhalt, und dem, was du tun möchtest,
widmest du dich nach Feierabend oder am Wochenende.
Nachdem du das, was du tun wolltest, wirklich getan hast,
sagst du vielleicht: »Das ist ja nichts Besonderes.«

Oder aber du wirst immer selbstbewusster,
je länger du dich damit beschäftigst,
und es kann der Moment kommen, in dem du denkst:
»Ich kann mit dem aufhören, was ich gut kann,
und trotzdem werde ich keine Probleme
mit meinem Lebensunterhalt haben.«
Fange mit dem Leichtesten an,
statt nur mit dem Kopf zu denken:
»Ich möchte etwas anderes ausprobieren.«

Wenn man Sport treibt, wird der Körper beweglicher,
es entsteht Energie, und auch das Leben macht viel mehr Spaß.
Bewege dich, anstatt nur zu Hause zu bleiben,
gehe in die schöne Natur und komme unter die Leute.
Dein Leben ändert sich nicht,
nur weil du über das Leben anders denkst.
Solange dein Körper weiter steif und
du abgeschieden von der Außenwelt bleibst,
fällt wirkliche Veränderung schwer.

Ich war auf Reisen und benutzte dabei
einen Einwegrasierer länger als zehn Tage.
Ich verletzte mich bei jedem Rasieren ein bisschen,
weil die Klinge stumpf wurde.
Daher entschloss ich mich, mein Bedürfnis aufzugeben,
mich glatt zu rasieren.
Dafür rasierte ich mich nun langsam und sanft –
und siehe da: Ich verletzte mich nicht mehr!
Ich erkannte, dass alles gelingt, wenn man
seine Bedürfnisse loslässt und langsam und sanft geht.
Ich erkannte, dass Probleme entstehen und
das Leben schwer wird, weil man schnell gehen will.

Fällt dir das Leben schwer, fällt dir heute selbst
das Gehen schwer, dann gehe einfach immer nur
einen halben Schritt und langsam.
Während du langsam gehst, wirst du spüren, dass alles
besser wird, denn dein Tempo entspricht dir.
Du wirst merken, dass du es bisher schwer hattest,
weil du mit einer Geschwindigkeit durchs Leben
gelaufen bist, die dir nicht entsprach.

Gehe etwas langsamer,
wenn dir alles schwerfällt.
Du darfst das!

Zwei Ichs in mir

»IN MIR sind zu viele Ichs, daher gibt es keinen Platz in mir, wo du dich ausruhen könntest«, so beginnt das Lied *Bambusblättrige Eiche*, das wohl jeder Koreaner kennt. Viele Sänger haben dieses Lied gesungen, und immer, wenn ich es höre, denke ich, dass es die Psyche der Menschen sehr treffend beschreibt. Vor allem berühren mich die Zeilen, es gebe »die Dunkelheit, gegen die ich machtlos bin« und »die Traurigkeit, die ich nicht besiegen kann« wegen mehreren »Ichs« in mir. Diese Zeilen bewegen mich, weil diese Aussagen wirklich den Tatsachen entsprechen. Auch wenn ich es nicht will, geraten die vielen »Ichs« in mir aneinander, wodurch sie andere Menschen verletzen und auch meinem eigenen Geist nicht viele friedliche Tage gönnen.

Aus psychologischer Sicht sind die mehreren »Ichs« in mir grob in zwei Gruppen einzuteilen. Das eine Ich ist das »eigene Ich«, das ich sein möchte und mir selbst wünsche, also meine individuellen Bedürfnisse oder die Richtung des Lebens, die ich mir selbst wünsche, und das dazu nötige Handeln.

Hingegen stellt die zweite Gruppe das »Ich der anderen« dar, das meine Familie und weitere Menschen um mich herum oder die Gesellschaft von mir erwartet, also die Ansprüche, Forderungen und Pflichten, die meine Umgebung an mich stellt und die ein Teil von mir geworden sind, weil ich sie verinnerlicht habe, bevor ich mir dessen gewahr wurde.

In jedem Menschen haben diese beiden »Ichs« Platz genommen; das Problem ist lediglich, dass es gar nicht so einfach ist, eine angemessene Harmonie zwischen den beiden herzustellen. Je jünger man ist, desto dominanter ist das »Ich der anderen« gegenüber dem »eigenen Ich«, und dieses Phänomen tritt bei Erwachsenen umso ausgeprägter auf, je strenger und patriarchalischer ihre Eltern waren. Als Kind sollte man natürlich lernen, was man den Eltern und anderen Menschen gegenüber tun darf und was nicht, daher bringen die Eltern einem die gesellschaftlichen Regeln nahe. Wenn aber diese Regeln übermäßig im Vordergrund stehen, können sie einen dazu bringen, dass man auch als Erwachsener die Stimme des »eigenen Ichs« nicht hört. Im schlimmsten Fall fühlt man sich, als existiere das »eigene Ich« gar nicht.

BEISPIELE DAFÜR wären Menschen, die erwachsen sind, aber immer noch nicht wissen, was sie mit ihrem Leben anfangen und darin erreichen wollen. Ein Erwachsener sollte selbst erkennen können, von welchen Werten sein Leben geleitet wird, wann er frei und glücklich ist und bei welcher Arbeit er sich wohlfühlt. Mit Hilfe dieser Erkenntnisse sollte ein Erwachsener auch in der Lage sein, sich für einen Lebensweg zu entscheiden. Aber es gibt nicht wenige Menschen, die erwachsen, aber dennoch unfähig sind, solche Erkenntnisse zu erlangen. Daraus folgend sind sie nicht gewillt, selbst eine Entscheidung für ihr Leben zu treffen. Stattdessen suchen sie andere mit der Frage auf, was sie mit ihrem Leben anfangen sollen, und manch einer schaut sich an, was andere machen, um dies dann lediglich nachzuahmen. Mehr noch, sie wollen ihre Identität nicht durch sich selbst, sondern durch andere finden, und das ist bei denjenigen, bei denen das »Ich der anderen« stärker ist als das »eigene Ich«, umso offensichtlicher. Ihre Identität ist etwa der Sohn des Vaters zu sein, die Frau beziehungsweise der Mann von jemandem oder die Eltern der Kinder.

Wenn es so weit gekommen ist, gibt es für die Betroffenen nichts mehr, was sie für ihr eigenes Glück selbst unternehmen können, und sie machen ihr Glück schließlich gänzlich von anderen abhängig. Ihr Lebensglück wird dadurch entschieden, ob ihre Kinder gute Noten bekommen oder die Ehefrau beziehungsweise der Ehemann in der Firma befördert wird. Wahrscheinlich kümmern sie sich aufopferungsvoll um ihre Familie, aber weil sie gar keine Erfahrung damit gemacht haben, *für sich* zu leben, laufen sie leicht

Gefahr, von der Familie abhängig zu werden. Außerdem verlieren bei ihnen die Grenzen zu den Kindern, dem Ehepartner und den Eltern ihre Konturen, damit einhergehend treten sie gedankenlos über diese Grenzen, erwarten zu viel von den anderen, mischen sich bei ihnen ein, lassen auch zu, dass sich andere bei ihnen selbst einmischen, und all das führt wiederholt zu Zank und Streit.

Sicher hat ein Leben, das man als das »Ich der anderen« führt, auch positive Seiten. Wahrscheinlich wird man von der Familie, den Freunden oder Bekannten gemocht und auch oft genug gelobt. Welche Eltern beziehungsweise Ehepartner wären nicht zufrieden mit Kindern, die den Eltern gegenüber gehorsam sind, sich stets artig und gut benehmen, beziehungsweise mit dem Ehepartner, der sich aufopfert und sich um die Familie kümmert? Was sollen sie allerdings machen, wenn die Kinder erwachsen sind und das Elternhaus verlassen? Oder die Eltern beziehungsweise der Ehepartner vor einem aus der Welt scheiden? Es wäre sehr zu begrüßen, wenn sie jetzt, auch wenn es etwas verspätet ist, die Stimme des »eigenen Ichs« wahrnehmen würden. Das ist jedoch keine leichte Sache für Menschen, die bisher ein Leben geführt haben, das sich gänzlich nach anderen gerichtet hat.

Außerdem darf man nicht außer Acht lassen, dass man mit zunehmendem Alter schließlich das »eigene Ich« finden möchte. In diesem Zusammenhang fallen mir die Zeilen ein, die die Schriftstellerin Wan-Seo Park in hohem Alter geschrieben hat:

»SO WIE MAN ungeniert eine weite und bequeme Gummibund-Hose anziehen kann, wenn man alt geworden ist, habe ich es heute gut, weil ich mein Leben nicht nur ganz bequem, sondern auch wesentlich lockerer als früher führen kann. Ich muss auch nicht tun, was ich nicht möchte. Ich möchte nicht wieder jung sein. Denn jetzt kann ich sagen, dass ich das nicht will, weil ich es eben nicht mag. Warum sollte ich diese fantastische Freiheit gegen das Jungsein eintauschen wollen? Auch Romane werde ich nur schreiben, wenn es sich ergibt, wenn nicht, ist das auch gut.«

AUCH ICH MUSSTE erst Mitte vierzig werden, bis mir die Blicke der anderen weniger ausmachten als früher. Ich gehe ungeniert in öffentliche Badehäuser und singe auch häufig, wenn ich spazieren gehe. Mittlerweile bin ich gut darin geworden, eine Anfrage für einen Vortrag oder einen Artikel abzulehnen und zu sagen, dass ich dafür keine Zeit habe, wenn ich wirklich keine Zeit habe. Überdies habe ich damit aufgehört, andere zu fragen, wie sie über mich denken. Das bedeutet jedoch nicht, dass ich das »Ich der anderen« vollständig ignoriere, denn das würde zu einer unnötigen Verschlechterung der Beziehung zu anderen führen. Man sollte ein angemessenes Gleichgewicht zwischen dem »Ich der anderen« und dem »eigenen Ich« aufrechterhalten – und das halte ich für etwas, das jeder Erwachsene beherrschen sollte. Diese Fähigkeit ermöglicht uns, einerseits nicht unter dem Joch des

»Ichs der anderen« zu leben, indem wir uns nicht ständig den Kopf zerbrechen, was andere von uns denken, andererseits achten wir auf die Beziehung zu den anderen, indem wir nicht nur noch das »eigene Ich« im Sinn haben. Wir regulieren das »eigene Ich« und das »Ich der anderen« angemessen und können dadurch unser Leben genießen und gesund bleiben.

Das »Ich, das wir anderen zeigen möchten«
und das »Ich, das eigene Bedürfnisse hat«
existieren in uns nebeneinander.
Im Leben geraten wir oft zwischen diesen beiden in Konflikt.
Akzeptiere, dass es das Ich gibt, das Bedürfnisse hat,
statt es bedingungslos zu unterdrücken oder
dich für es zu schämen, aus Angst, dass die anderen
von diesem Ich erfahren könnten.
Wenn du das Ich, das Bedürfnisse hat, akzeptierst,
geht es dir augenblicklich besser, und du hast
wesentlich mehr Verständnis für andere Menschen.

»Ein Mensch muss so leben«, ist eine der Ideen,
die uns in unserer Kindheit eingetrichtert wurden.
Aufgrund dieser Ideen halten wir uns stets
für unzulänglich und schwierig, verurteilen dadurch
auch leicht andere, die vielleicht ein Leben führen,
das diesen Ideen nicht entspricht,
und werden somit auch arrogant.

Legst du vielleicht allzu viel Wert darauf,
was andere über dich denken?
Das kann daran liegen, dass du als Kind
von strengen Eltern zu oft getadelt oder von Menschen
in deiner Umgebung zu oft bewertet wurdest.
Ist es sinnvoll, dass du auch als Erwachsener
weiter allzu großen Wert darauf legst,
was die anderen über dich denken?
Die anderen interessieren sich nicht sonderlich
für dich, da du erwachsen bist.
Lasse die Meinung der anderen gelassen so stehen
und gehe einfach deinen Weg weiter.

Bitte lass die Vorstellung fallen, dass die ganze Welt
auf dich schaut und dich beurteilt.
Das ist ganz sicher nicht so.
Und auch wenn du ärgerlich bist, weil jemand dich
lange Zeit ignorierte, hat der wahre Grund
möglicherweise gar nichts mit dir zu tun.

Die erste Methode für ein leichteres Leben:
Ich gebe meinen Namen nicht ins Suchfenster ein.

Die zweite Methode für ein weniger schweres Leben:
Ich frage nicht, was die anderen über mich gesagt haben.

Die dritte Methode für ein weniger schweres Leben:
Ich sage dem anderen frühzeitig,
ob ich ihn gern habe oder nicht.

Warum willst du unbedingt alles
in Erfahrung bringen, was andere über dich sagen?
Davon bekommst du nur Kopfschmerzen und
wirst verletzt. Von einer Diskussion mit jemandem,
der an nichts und niemandem
ein gutes Haar lässt, hast du nichts außer Ärger.
Konzentriere dich einfach weiter
auf deine Angelegenheiten.

Menschen in der modernen Zeit bekommen
von außen viele Informationen und
reagieren ununterbrochen auf diese.
Genau deswegen haben wir es schwer.
Insbesondere diejenigen, die Smartphones benutzen,
können problemlos den ganzen Tag ausschließlich
mit dem Reagieren verbringen.
Nimm lieber die Führung deines Lebens selbst
in die Hand, statt dich nur hin- und herzerren zu lassen.

Kann es sein, dass dein Traum
nicht in Erfüllung geht, weil dir ein
positiver Glaube an dich selbst fehlt?
Glaubst du, dass du wertlos und unfähig bist?
Wer hat diesen Glauben in dich eingepflanzt?
War er von Anfang an dein eigener?
Oder hat dies irgendjemand mal gesagt und
du hast unbewusst angefangen, das zu glauben?

Lasse nicht zu, dass dein Schicksal von
der Meinung anderer über dich bestimmt wird.
Den Menschen, die dir allerlei ungebetene Ratschläge
für deine Zukunft geben, kannst du klar sagen,
dass sie jetzt restlos aus dem Bus deines Geistes
aussteigen können ... und dann fährst du deinen Weg
wie bisher einfach weiter.

Sind wir mit einer Seite von uns unzufrieden,
versuchen wir andere Menschen, die diese Seite haben,
zu ändern, anstatt uns zu bemühen,
diese Seite an uns selbst zu ändern.

Menschen, die ihren Traum realisiert haben oder
ernsthaft versuchten, ihn zu erfüllen, schauen nicht
leichtfertig auf die Träume anderer herab.
Schaut man genau hin, merkt man,
dass die mutlosen Menschen die mutigen mit
verschiedenen Begründungen verunglimpfen
und auf ihr eigenes Niveau herabzusetzen versuchen.

»Kann ich das wirklich schaffen?
Wie kann jemand wie ich so wagemutig sein,
solch ein Ziel zu haben?« Lauten so die Fragen,
die du mit großer Unsicherheit und Furcht stellst?
Dann fasse Mut und nimm dein Ziel sofort in Angriff.
Auf jeden Fall wirst du dadurch wachsen,
auch wenn du scheiterst oder die Dinge
nicht so laufen, wie du es möchtest.

Wenn Menschen ein vertrautes Leid und ein neues Glück
zur Wahl stehen, suchen sie in der Regel das Vertraute aus,
auch wenn es Schmerzen mit sich bringt.
Es ist keine Tugend, seinem Leid dermaßen treu zu sein.
Auch wenn dir etwas nicht vertraut ist und
du dich daher fürchtest, fasse Mut
und schlage den Weg des Glücks ein.

Zu jedem Augenblick stehen uns
zwei Möglichkeiten zur Auswahl.
Entweder in Richtung Wachstum vorwärts
oder in Richtung Sicherheit rückwärts.

ABRAHAM MASLOW

Menschen klammern sich nicht so stark an Sicherheit,
wie man es annimmt. Selbst diejenigen,
die nach einem sicheren Beruf und einer sicheren Beziehung
zu anderen Menschen streben, langweilen sich,
wenn der sichere Zustand tatsächlich eintritt.
Statt blindlings nur nach Sicherheit zu streben,
fordere dich hin und wieder zu etwas heraus,
das deinem Wachstum dient, zu etwas, das vielleicht
schwierig oder auch einfach nicht vertraut ist.

Der Grund, warum wir keinen Erfolg haben,
ist, dass wir nur denken
und nichts in die Tat umsetzen.

Ein älterer Meister hat gesagt: »Tue es oder nicht,
nur eine dieser beiden Möglichkeiten kannst du wählen.
Glaube nicht, dich retten zu können mit den Worten,
dass du dir Mühe geben wirst.«

Man hat ein Problem und Angst vor
der Konfrontation mit diesem Problem.
Man weiß gerade auch keinen Weg zur Lösung,
darum schiebt man das Problem auf die lange Bank.
Das kommt vor. Wenn das Problem aber
weiter und weiter auf die lange Bank geschoben wird,
führt das zu einer riesigen Explosion.
»Wieso habe ich nicht rechtzeitig
den Stier bei den Hörnern gepackt?!«
Diese verspätete Reue hilft dir nicht.
Suche lieber jetzt nach einer Lösung,
dann wird sie auch sichtbar.

Wenn wir uns nicht von selbst ändern,
sorgt die Welt dafür, dass wir uns ändern.
Das Letztere ist selbstverständlich wesentlich leidvoller.
Aber dieses Leid ist nur da, um unserer Seele
zum Wachstum zu verhelfen, und nicht,
um uns zu quälen.

Am Fuß des Berges ist der Gipfel gut sichtbar,
aber nicht mehr, wenn man begonnen hat,
den Berg zu besteigen, und die Bergmitte erreicht,
denn der Blick auf den Gipfel ist dann
durch die Bäume verstellt.
Wenn man ein Ziel hat, vorwärtsschreitet
und sich dafür sehr anstrengt, spürt man nicht,
dass man vorwärtsgeht. In den Momenten,
wo man denkt, dass man keine Fortschritte macht,
macht man in Wirklichkeit welche.
Zögere nicht, schreite einfach ruhig weiter.

Begegnen mir Menschen, die mit großer Mühe
die Spitze eines Bereichs erklommen haben,
stelle ich fest, dass an ihnen nichts zu finden ist,
was ihre Überlegenheit zum Ausdruck bringt, wie:
»Ich bin ein erfolgreicher Mensch!«
Weil sie die Wahrheit kennen, dass niemand
einen Erfolg alleine erringen kann.
Die Menschen jedoch, die entweder gerade unterwegs
zur Spitze sind oder den Erfolg nicht durch
große Mühe erreicht haben, machen mir
einen sehr komischen Eindruck, als ob sie mich
fragen wollen: »Weißt du eigentlich, wer ich bin?«

Je erfolgreicher man ist,
desto schlichter ist
die Visitenkarte.

Wenn man etwas Großes erreicht hat,
spürt man die Wahrheit,
dass es jetzt erst wirklich beginnt.

Wenn ich mir selbst als Teenager etwas sagen könnte,
wäre es folgendes: Dinge, die dir wichtig
erscheinen, aber unglaublich schwer sind,
sodass du denkst, dass sie dich umbringen werden,
sind bloß sehr winzige Teile deines Lebens,
wenn du später zurückschaust.
Was deine Freunde und Bekannte über dich sagen,
ist nicht sehr wichtig. Außerdem gibt es im Leben noch
sehr viele Wege, von denen du jetzt noch nichts weißt.
Es ist daher schon in Ordnung, wenn du mal scheiterst.
Das Leben ist länger, als du denkst. Kopf hoch.

Wenn ich mir selbst als Zwanzigjährigem einen Rat
geben könnte, klänge dieser so: Bleib locker
und sei etwas ehrlicher zu dir.
Vergleiche dich nicht andauernd mit den anderen,
sei gelassener. Du kannst über das Leben so viel
nachdenken, wie du willst, aber es wird trotzdem
nicht so laufen, wie du es dir vorstellst.
Hab keine Angst vor der Zukunft und genieße, wofür
du dich im Moment begeisterst, dann entstehen Wege,
von denen du jetzt noch gar nichts ahnst.

Wenn ich mir selbst als Dreißigjährigem begegnen könnte,
würde ich mir selbst Folgendes mitgeben: Mach es dir
mit kleinen Erfolgen und Annehmlichkeiten nicht zu bequem.
Schau, was du von anderen Menschen lernen kannst.
Wenn dir ein Mensch begegnet, dann lege weniger Wert
aufs Oberflächliche wie seinen Uniabschluss,
seinen familiären Hintergrund oder seine Qualifikation
als vielmehr auf seinen Wachstumsprozess, seinen Charakter,
seinen Sinn für Humor, sein Ausdauervermögen.
Bleib immer ein Freund der Natur und der Bücher
und vergiss auch nicht, regelmäßig Sport zu treiben.

Die Worte eines Freundes, der Erfolg bei einer Diät hatte:
»Sport macht unseren Körper zwar gesund,
aber beim Abnehmen spielt die Regulierung
der Nahrungsaufnahme eine viel wichtigere Rolle als Sport.
Du kannst neunzig Minuten lang rennen wie verrückt,
dann verbrauchst du gerade mal dreihundert Kalorien,
diese Kalorien verlierst du jedoch auf der Stelle, wenn du bloß
die Finger von einem Stück Gebäck lässt.«

Sei ein bodenständiger statt eines netten Menschen,
sei ein weiser statt eines bodenständigen Menschen,
und sei statt eines weisen ein tugendhafter Mensch,
der das Wissen in Handeln umzusetzen weiß.
Mögest du als solcher gut zurechtkommen in dieser schweren
und manchmal gefährlichen Welt …

Horche zuerst in dein eigenes Leiden hinein

WILL MEIN GEIST in alten Erinnerungen oder in Angst vor zukünftigen Dingen verweilen, konzentriere ich mich auf den Zustand meines gegenwärtigen Körpers. Ich richte meine Aufmerksamkeit darauf, in meinen ganzen Körper hineinzuspüren; wie sich meine Schultern jetzt anfühlen, ob sie vielleicht verkrampft und verspannt sind, wie es meinem Magen und meinem Herzen jetzt geht. Durch diese Achtsamkeitsübung hole ich mich aus den Gedanken heraus, die zwischen Vergangenheit und Zukunft hin und her wandern, und mein Geist wird in der Gegenwart verankert. Wie überlastet ich auch sein mag und wie groß mein Leiden auch ist, wenn mein Geist sich vollständig in der Gegenwart befindet. bin ich nicht mehr so überlastet und mein Leiden wiegt auch nicht mehr so schwer. Ich kann die Geschehnisse in der Vergangenheit bereuen und um die noch nicht eingetretenen Dinge in der Zukunft bangen, soviel ich will, aber davon bekomme ich letzten Endes nur einen unruhigen Geist. Denn ich kann weder die Dinge ändern, die in der Vergangenheit bereits geschehen sind, noch die zukünftigen Dinge, die ja noch nicht eingetreten sind, nach Herzenswunsch kontrollieren. Diese Gewohnheit, durch das Hineinfühlen in den Körper in die stille Gegenwart zurückzukehren, konnte ich mir dank der Lehren des weltbekannten Friedensaktivisten und spirituellen Lehrers Thích Nhat Hanh aneignen.

Vor ein paar Jahren hat Thích Nhat Hanh Korea besucht, und damals durfte ich zu meinem Glück die Aufgabe übernehmen, seine Dharma-Vorträge zu dolmetschen. Trotz seines hohen Alters, er ist achtundachtzig Jahre alt, hat er jeden Tag vor Publikum seine Lehren vorgetragen. Ich durfte ihn aus der Nähe erleben, und er war wie ein friedlicher, mildtätiger und großer Baum, unter dessen reichlichem Schatten sich auch mein Geist behaglich und ruhig fühlte. Während wir die Gehmeditation praktizierten, lief ich neben ihm und konnte spüren, dass sein Geist bei jedem Schritt vollkommen im Hier und Jetzt war. Es war wie eine Veranschaulichung der Wahrheit, dass das Praktizieren eigentlich weder mystisch noch kompliziert ist, sondern etwas Vertrautes, was stets in unserer Nähe ist.

WAS MICH von seinen Vorträgen am meisten beeindruckt hat, war seine Aussage, dass je intensiver das Praktizieren des Geistes ist, desto größer sei auch die Möglichkeit, eine Beziehung wiederherzustellen. Gewöhnlich stellt man sich unter dem »Praktizieren« vor, dass man sich allein auf einen Berg begibt und abgeschieden von der Welt auf der Suche nach dem *Dao* ist. Ginge aber das Praktizieren des Geistes wahrlich gut voran, dann müsse die zerbrochene Beziehung mit den Menschen, die uns nahestehen, wiederhergestellt werden, und zwar als Ergebnis des Praktizierens. Thích Nhat Hanh meinte damit, dass ein Praktizierender nur behaupten könne, dass er das Praktizieren gut ausgeführt habe, wenn bei ihm die Bereitschaft zur Wiederherstellung der Beziehung zu Familie oder Freunden bemerkbar ist, zu denen der Kontakt durch einen Streit beziehungsweise ein Missverständnis in die Brüche gegangen ist.

Diese pragmatische Anschauung des Praktizierens ist das Resultat Thích Nhat Hanhs tiefgründigen Nachdenkens. Seinem Buch *Aus Angst wird Mut* ist zu entnehmen, dass Blumen und Abfall auf den ersten Blick getrennt und unabhängig voneinander zu existieren scheinen, dass das in Wirklichkeit aber nicht stimmt. Erde sieht wie Abfall aus, doch für die Existenz der Blumen ist einerseits die Zufuhr der Nährstoffe in der Erde erforderlich, andererseits fallen die Blüten, wenn die Zeit vergeht, wieder auf die Erde und nehmen die Form von Abfall an. Damit will Thích Nhat Hanh uns lehren, dass nichts auf der Welt voneinander getrennt existiert und alles einander Kraft spendet.

Diese Lehre gilt auch für die Beziehung zwischen den Menschen. Wenn zum Beispiel ein Mensch, den ich sehr liebe, krank ist, werde ich zwar nicht körperlich krank, aber mein Geist wird unruhig und krank. Darum bedeutet die Erleuchtung, nach der ein Praktizierender strebt, nichts anderes, als im Leben die Tatsache unvermittelt zu spüren und zu erkennen, dass wir Menschen sehr eng miteinander verbunden sind. Die Beziehung zu den uns nahestehenden Menschen, die in eine missliche Lage geraten ist, womit uns der Zugang zu diesen Menschen versperrt wurde, soll wiederhergestellt und eine Kommunikation miteinander wieder ermöglicht werden. Das ist die Haltung, die sehr nah an der Wahrheit ist – das ist wahrhaftes Praktizieren.

WENN DEM SO IST, wie soll man dann die ursprüngliche Beziehung, die sich jetzt in einer misslichen Lage befindet, wiederherstellen? Als Antwort auf diese Frage hat Thích Nhat Hanh gesagt, dass wir zuerst in unser eigenes Leiden horchen sollen. Horchen, an welcher Stelle sich meine momentanen Schwierigkeiten in der Form einer körperlichen Verspannung oder eines psychischen Schmerzes offenbaren, und unsere Aufmerksamkeit vollkommen dieser Stelle widmen. Durch den Geist, der unser Wesen liebt, schenken wir uns zuerst warme Aufmerksamkeit, wie Sonnenschein an einem Frühlingstag, dann kann die Energie des Schmerzes, die nicht herauskonnte, langsam ihren Ausdruck finden und sich lösen. Erst dann ist unser Geist fähig, sich um das Leiden der anderen zu kümmern.

Der nächste Schritt ist, den Menschen aufzusuchen, zu dem wir die Beziehung vernachlässigt haben, und seinen Schmerzen mit einem Herzen voller Wärme zuzuhören. Wenn er sauer ist, uns anschreit, weil er uns missverstanden hat, oder etwas sagt, das nicht wahr ist, dürfen wir nicht auf der Stelle darauf reagieren. Seine Energie, die verkrampft und verstockt ist, muss gelöst werden, und dafür muss er seine verletzten Gefühle restlos aussprechen können. Darum müssen wir ihm mit einem Herzen voller Liebe zuhören. Das ist uns möglich, weil wir zunächst in unser eigenes Leiden gehorcht und auch erkannt haben, dass das Leiden der anderen und unser Leiden nicht voneinander getrennt existieren, sondern miteinander verbunden sind.

Während ich die Worte von Thích Nhat Hanh dolmetschte, habe auch ich mich gefragt: Horche ich genug in mein eigenes Leiden? Rückblickend habe ich mich gefragt, ob ich mein Leiden vielleicht mit der Ausrede ignoriert habe, ich habe zu viel zu tun, oder ob ich mir einen Film angeschaut habe beziehungsweise mit anderen Leuten geplaudert habe, um mein Leiden für einen Moment zu vergessen. Der Geist der meisten Menschen ist hauptsächlich nach außen gerichtet. Daran liegt es, dass wir nicht vertraut damit sind, die Gefühle unseres Geistes und unseres Körpers feinfühlig wahrzunehmen. Wir sollten jedoch unsere nach außen gerichtete Aufmerksamkeit in uns selbst lenken und unsere Achtsamkeit, die wie Sonnenschein an einem Frühlingstag ist, auf unser Wesen richten. Weil nur das wirkliche Selbstliebe und es so möglich ist, die Energie des in unserem Körper und Geist angestauten Leidens aufzulösen und uns zu einer grundlegenden Heilung zu führen.

Thích Nhat Hanh hat einmal gesagt, wir seien nur geboren, um aus der falschen Fantasie zu erwachen, dass wir voneinander unabhängig existieren würden. Wie die Blumen und der Abfall in gegenseitiger Abhängigkeit existieren, sind auch meine Heilung und die der anderen nicht getrennt, sondern miteinander verbunden. Diese Wahrheit dürfen wir nicht vergessen.

Kapitel 3

Die Familie – ein Geschenk

Großmutter und ihre Siebensterne

»GROSSMUTTER, ich bin wieder da«, sagte ich und öffnete die Zimmertür zu meiner Großmutter.

Sie war vor dem Fernseher eingenickt, wachte, als sie mich hörte, auf und lächelte mich strahlend an. In ihrem Gesicht waren tiefe Falten.

»Hallo, mein Kind. Es tut mir leid, dass du es so schwer hast, weil du im Ausland studierst. Dort bekommst du ja kein richtiges Essen«, sagte sie und streckte die Hände zu mir aus.

»Nein, ich habe es nicht schwer. Und dort gibt es auch allerlei koreanisches Essen«, antwortete ich und hielt ihre beiden Hände. Sie waren rau wie trockenes Reisig.

»Mag sein, aber das kann man nicht mit dem Essen zu Hause vergleichen. Dort hast du auch noch Probleme mit der Sprache.«

Meine Großmutter machte sich Sorgen über mein Leben im Ausland, streichelte unaufhörlich meine Hände und redete weiter über mein Essen. Das Gespräch mit ihr begann generell mit dem Essen, wie als Wiederspiegelung der schweren Zeiten Koreas. Meine Großmutter legte immer großen Wert darauf, dass ich genug zu essen bekam, und fragte mich nicht selten, ob ich vielleicht Hunger hätte, obwohl ich vor zwei Stunden gefrühstückt hatte. Als ich klein war, dachte ich, dass meine Großmutter keine Ahnung habe, in welcher Zeit sie lebt, und mir deswegen andauernd sage, dass ich essen solle. Aber nun, da ich selbst erwachsen geworden bin, weiß ich, dass nicht sie mich, sondern ich ihre Lebensweise und ihre Absicht überhaupt nicht verstanden hatte und ihr gegenüber nicht nett gewesen war.

MIR WURDE ERZÄHLT, dass der Vater meiner Großmutter früh verstorben sei und sie bei ihrem Stiefvater gelebt habe, der nicht viel für sie übrig hatte. Er hat sie nicht einmal zur Schule geschickt, weswegen sie ihr Leben lang Analphabetin blieb. Sie hat früh geheiratet, aber da ihr Mann so gut wie keinen Beruf ausübte und ein Lebemann war, hat sie sich alleine um ihre Schwiegermutter gekümmert und sechs Kinder großgezogen. Über dreißig Jahre lang hat sie auf dem Marktplatz unter anderem Süßkartoffeln, Wildgemüse und Fisch verkauft und musste alle möglichen Tiefpunkte durchmachen; eine lange, schwere Zeit, die sie überstehen musste. Sie erzählte mir auch viel davon, und gerade jetzt fällt mir eine Episode ein, die meine Großmutter während des Koreakrieges erlebt hatte. Auch nach dem Ausbruch des Krieges hat sie weiter auf dem Marktplatz Süßkartoffeln und Wildgemüse verkauft, um ihre Familie ernähren zu können. Als sie etwas südkoreanisches Geld zusammenbekommen hatte, waren nordkoreanische Soldaten gekommen und haben ihr gedroht, sie zu erschießen, wenn sie das südkoreanische Geld gebrauchen würde. Sie musste also ihr Geld wegwerfen. Danach hat sie wieder Süßkartoffeln verkauft, nordkoreanisches Geld gespart und diesmal kamen südkoreanische Soldaten und verbaten ihr, das nordkoreanische Geld zu verwenden.

Ein anderes Mal war meine Großmutter auf der Flucht und unterwegs in ihr Heimatdorf. Sie hielt eine Tochter an der rechten Hand und die andere an der linken, ihr jüngstes Kind trug sie auf dem Rücken. Plötzlich ertönte die Sirene, die vor einem Luftangriff warnte. Meine Großmutter wollte sich mit ihren Kindern in einen Luftschutzkeller begeben, aber eine junge Frau wies sie unnachgiebig darauf hin, dass der Keller vollbesetzt sei und sie aus diesem Grund niemanden mehr hereinlassen könne. Dann schlug sie die Tür des Luftschutzkellers direkt vor meiner Großmutter und ihren Kindern zu. Meine Großmutter hatte nun keine andere Wahl und saß mit ihren Kindern völlig verlassen in der Mitte eines Ackerfeldes. Sie hegte einen Groll jener kaltherzigen Frau gegenüber und verfluchte sie ohne Unterlass. Und so wartete sie darauf, dass der Luftangriff vorüberging. Ein

Kampfflugzeug erschien, schoss aber ausgerechnet auf jenen Luftschutzkeller, und meine Großmutter sah mit eigenen Augen, wie jene kaltherzige Frau in pechschwarze Asche verwandelt wurde. Meine Großmutter bereute, dass sie jene Frau verflucht hatte, und litt sehr lange darunter. Letzten Endes war es doch jener Frau zu verdanken, dass meine Großmutter und ihre drei Kinder am Leben geblieben waren.

MEINE GROSSMUTTER musste zwar eine harte Zeit unter allerlei Mühsal überstehen, aber ihr Geist war außerordentlich sanftmütig. Das erste Bild, das ich mit dem Wort Großmutter assoziiere, ist eine betende Frau. Fast bei jedem Tagesanbruch stellte meine Großmutter eine Schüssel mit klarem Wasser auf einen der zahlreichen großen Tonkrüge, die neben der Hausmauer standen, und betete für ihre Kinder und Enkelkinder zum Siebensternegott, zum Großen Bären. Einmal fragte ich sie, was für ein Gebet sie da sprach, und sie antwortete mir: »Ich bete, dass mein Kindchen in Zukunft alles erreicht, was es will, von allen respektiert wird und so ein gutes Leben hat.«

Ihr Beten zum Siebensternegott hat seinen Anfang in der Zeit genommen, als sie etwa Ende zwanzig war. Sie brachte das erste Kind zur Welt, und ihre Schwiegermutter fing an, sie zu quälen, weil das Kind eine Tochter war. Als das zweite Kind auch eine Tochter war, erreichte die Quälerei noch schlimmere Ausmaße und war für meine Großmutter kaum noch zu ertragen. Das veranlasste sie zu beten. Wenn der Morgen graute, betete sie inbrünstig zum Siebensternegott, er möge ihr einen Sohn schenken. Danach gebar sie einen Sohn und dann noch einen, meinen Vater. Ob die Tatsache, dass sie zwei Söhne hintereinander zur Welt brachte, mit den Sternen am Himmel zusammenhing, weiß ich nicht, aber ihr älterer Sohn hat an der Akademie der Luftstreitkräfte Koreas studiert, war als Berufssoldat tätig und ging schließlich als Generalleutnant in den Ruhestand. Meine Großmutter meinte, dass dies alles der gütigen Fürsorge des Siebensternegottes zu verdanken wäre, und betete unermüdlich weiter, solange sie die Kraft dazu hatte.

Meine Mutter hat mir erzählt, dass sie einmal meine Großmutter gefragt habe, von wem sie gelernt habe, wie man zum Siebensternegott bete. Daher weiß ich, dass meine Großmutter zugesehen hat, wie ihre Großmutter gebetet hat, und so das Beten lernte. Das Gebet zum Siebensternegott, zu den Sternen am Himmel bei Morgendämmerung, ist wohl von der Großmutter meiner Großmutter an ihre Enkeltochter und davor von der Ururgroßmutter an ihre Enkeltochter weitergegeben und weitergeführt worden.

In meiner Pubertät erfuhr ich allmählich mehr von der Religion und auch davon, dass man die Form der traditionellen Volksreligion, die meine Großmutter ausübte, »Aberglaube« nannte. Diese Religion kam auch mir unwissenschaftlich und wie ein Götzendienst im Sinne des christlichen Verständnisses vor, weswegen ich das Gebet meiner Großmutter in meinem kindlichen Gemüt zeitweise insgeheim für minderwertig hielt. Ich studierte Religionswissenschaft und hielt dann an einem College Vorlesungen über verschiedene Religionen; spätestens da erkannte ich, wie dumm mein kindlicher Gedanke war. Ob ein Glaube ein Aberglaube ist oder nicht, wird danach entschieden, welche Religion die dominanteste der jeweiligen Ära ist. Das bedeutet, dass die Religion, die am dominantesten ist, die anderen Religionen zum Aberglauben erklärt und unterdrückt. Wenn die Zeit vergeht, kann es durchaus sein, dass eine andere Religion dominanter als die jetzige wird und unsere Nachkommen den Adressaten unseres eigenen Gebets als Aberglauben definieren. Der Adressat des Gebets, ja, der Name der Götter kann sich immer wieder ändern, aber die leidenschaftlichen Emotionen der Mütter gegenüber ihren Kindern ändern sich nie.

Ich ging gelegentlich zu meinem Elternhaus, auch nachdem ich Mönch geworden war. Zusammen mit meiner Großmutter habe ich in ihrem Zimmer ferngesehen, oder wir haben uns alte Fotos angeschaut und uns unterhalten. Daran erinnere ich mich noch gut. Nicht selten aß ich noch ein bisschen mehr, um sie glücklich zu machen. Aber all das kann ich leider nicht mehr machen, da sie vor ein paar Jahren von uns gegangen ist. Und das tut mir weh, wenn ich an sie denke.

Nach dem Gebet bei Morgendämmerung schaue ich zu den Sternen hinauf, die über dem Tempel hängen, und auch ich bete jetzt gelegentlich zum Siebensternegott, wie es meine Großmutter getan hat. Er möge bitte dafür sorgen, dass meine Großmutter in ihrem nächsten Leben an einem angenehmeren Ort zur Welt kommt. Dass sie gute Eltern und einen guten Ehemann bekommt, in einer guten Zeit kein schweres Leben wie das vorige, sondern ein glückliches führen kann, das angenehm und schön ist.

Namu Chilsunggwang Buddha, Namu Chilsunggwang Buddha, Namu Chilsunggwang Buddha.

Findet ein kleines Kind einen Stein auf der Straße
und schenkt ihn seiner Mutter, freut die sich sehr darüber,
weil ihr Kind an sie gedacht hat.
Das Geschenk selbst ist fast nebensächlich.
Beten wir zum Transzendenten, mit welchen Worten
auch immer, werden wir dank der Tatsache gesegnet,
dass wir uns dem Transzendenten zugewandt haben,
gleichgültig, wie wir auch beten.

Was können Sie tun, um den Weltfrieden zu fördern?
Gehen Sie nach Hause und lieben Sie Ihre Familie.
Wir können nicht alle große Dinge tun,
aber wir können kleine Dinge mit großer Liebe tun.

MUTTER TERESA

Ein Großmeister sagte einst, dass Großeltern
und Enkelkinder in einem früheren Leben
wahrscheinlich Freunde waren.
Deswegen verstehen sie sich gut,
während Kinder andauernd mit den Eltern streiten.

Ist dein Kind in der Pubertät und ist ganz vernarrt
in einen Sänger oder in bestimmte Videospiele?
Zeig Interesse an der Musik dieses Sängers
oder dem Videospiel, das dein Kind am liebsten spielt.
Frage dein Kind nach diesem Sänger oder Videospiel,
singe und tanze mal zusammen mit ihm.
Nach langer Zeit kannst du dann wieder mit ihm lachen
und ein Gespräch wird auch möglich,
wenn du Interesse an den Dingen zeigst, die dein Kind mag,
und versuchst, diese Dinge von ihm zu lernen,
statt ihm nur zu sagen, dass es für die Schule lernen soll.

Wenn du jemand anderen voll und ganz akzeptierst,
wie er ist, will er sich von sich aus ändern,
wenn die Zeit gekommen ist, wenn du ihn
nicht drängst, sich zu ändern.
Wenn du jemand anderen ändern willst,
lass ihn erst einmal so, wie er ist,
und versuche, sein Herz zu verstehen.

Hat sich dein Kind in jemanden verliebt,
freue dich euphorisch mit ihm.
Kinder tun alles, was sie wollen, gleichgültig,
ob die Eltern es ihnen erlauben oder verbieten.
Außerdem gibt es keinen besseren Lehrer des Lebens
als das Verliebtsein, da es Menschen reifen lässt.
Die Kinder, die den Beistand der Eltern erhalten,
geraten eher nicht auf die schiefe Bahn.

Wenn eine Liebesbeziehung in die Brüche geht,
bleibt niemand beim Abschied unberührt
und völlig gefasst. »Auch ich bin schrecklich kleinlich.
Ich bin absolut kein Engel«, muss man erkennen.
Erst danach zeigt man nicht mehr leicht mit dem Finger
auf einen anderen, der unzulänglich ist.

Sich verlieben, können die Menschen besser,
die Erfahrung darin haben.
Diejenigen, die mit einer Person ausgehen,
egal ob ihre Eltern gegen sie sind oder nicht,
und selbst Erfahrungen machen, wie man sich
in einer zwischenmenschlichen Beziehung
zu verhalten hat, kommen auch später mit dem Eheleben
viel besser zurecht als diejenigen, die den Eltern
gegenüber immer gehorsam sind.

Im Leben tanzt jeder Mensch seinen eigenen Tanz.
Sowohl Misserfolge als auch Verletzungen
sind Teile dieses Tanzes.
Wenn Eltern aus Fürsorge für ihr Kind Teile
dessen Tanzes übernehmen, dann muss das Kind
diese Teile später als Erwachsener tanzen.
Erkenne den Tanz deines Kindes an.

Dein Kind ist erwachsen und hat ein Problem,
das es selbst zu lösen hat.
Wenn du dieses Problem für dein Kind lösen willst,
wäre dies übermäßiges Pflichtbewusstsein.
Wenn du dich für das Problem deines Kindes schuldig fühlst,
wäre dies übermäßiges Schuldgefühl.
Weder das eine noch das andere hilft jemandem.
Die Verantwortung für das Leben eines anderen,
selbst für das seines eigenen Kindes,
darf und kann man nicht übernehmen.

»Schade, dass ich meinen Kindern nicht erlaubt habe,
so zu leben, wie es ihnen beliebt.«
So kann ein reuevoller Gedanke aussehen, der eine Mutter
oder einen Vater kurz vor dem Tod befällt.
Eltern, die das Leben ihres Kindes so gestalten wollten,
wie sie es für richtig hielten, bereuen,
dass sie schließlich ein Ende herbeigeführt haben,
mit dem niemand glücklich ist.

Erwachsen sind wir erst,
wenn wir unsere Eltern nicht als unsere Eltern,
sondern als Menschen betrachten, die auch Fehler
machen können, und dafür Verständnis haben.

Im Leben gibt es Momente, in denen unsere Familie oder
Freunde leiden und wir denken, dass wir gar nichts
für sie tun können. In solchen Momenten können wir
ein stilles Gleichgewicht bewahren, statt uns
von den hohen Wellen der Welt mitreißen zu lassen
und zu heulen und zu schluchzen.
Unsere ruhigen Augen spenden anderen große Kraft.

Die Wahrheit des buddhistischen Begriffs *anicca*,
der Unbeständigkeit alles Seienden, ist uns sehr bekannt.
Weil wir aber dennoch denken, dass alles, was uns
kostbar ist, sich nie ändern und immer
bei uns sein wird, haben wir große Schmerzen,
wenn wir dieses Kostbare auf einmal verlieren.

Verlieren wir etwas Kostbares, können wir uns,
um uns vor dem Schmerz zu schützen, gegenüber der Welt
beklagen und die Tür unseres Herzens verschließen.
Wir können aber auch würdevoll und mit großer Liebe
auf diesen Schmerz reagieren.

Wenn Geschwister das Erbe der Eltern aufteilen,
nachdem die Eltern aus der Welt geschieden sind,
könnte etwas schieflaufen und man sich gegenseitig
missverstehen und schwer verletzen.
Was würden die verstorbenen Eltern sagen,
wenn ihre Kinder sich wegen des Erbes
für immer gegenseitig den Rücken kehren würden?
Möge die Weisheit, die deine Gier zügelt, mit dir sein,
und möge es dir gegönnt sein, den Rest deines Lebens
nicht allein und einsam zu verbringen,
sondern zusammen mit deinen Geschwistern.

Wie groß ein Vermögen auch ist, ist es nicht genug,
wenn man darum streitet, aber es bleibt sogar
noch etwas übrig, selbst wenn es nur
ein Stück Kuchen ist, wenn man es miteinander teilt.

Und wenn ich meine ganze Habe verschenkte
und wenn ich meinen Leib opferte, um mich zu rühmen,
hätte aber die Liebe nicht, nützte es mir nichts.

1. KORINTHER 13

»Barmherzigkeit kennt keine Feinde« lautet ein Satz
aus der buddhistischen Lehre.
Die stärkste Waffe, mit der man sich in einer
schrecklichen Welt wappnen kann, ist darum der Geist
der barmherzigen Liebe, die den anderen nicht hasst.
Der barmherzige Geist kennt keinen Feind.

Wer eine hohe Selbstachtung hat, respektiert
und akzeptiert auch andere und behandelt sie freundlich.
Wer selbst bisher nie richtig respektiert und
akzeptiert wurde oder wem es jetzt
an Selbstachtung mangelt, respektiert und
akzeptiert auch andere nicht und
behandelt sie leichtfertig unfreundlich.

Wer einmal diskriminiert wurde und hasserfüllte Worte
gehört hat wegen des Geschlechts, der Heimat,
des Aussehens, der Schulausbildung, des Geldes,
des Alters, der Religion, kann verstehen,
wie sich ausländische Arbeiter, Behinderte,
ältere Menschen, sexuelle Minderheiten fühlen,
die in ihrer Umgebung diskriminiert werden.
Mögen dir deine erlittenen Schmerzen zur Motivation
der Barmherzigkeit werden, diskriminierte Menschen
zu respektieren und zu akzeptieren und
sie vor hasserfüllten Worten zu schützen …

Möge dein Tag, an dem du diese Zeilen liest, glückselig sein,
heller werden und von Lächeln begleitet werden.
Es möge dir die Gunst gegeben sein, durch Ausruhen
der inneren Stille zu begegnen, die vergessene Schönheit
der Natur zu spüren und das Gemeinschaftsgefühl
mit deiner lieben Familie wiederherzustellen.

Die Erinnerung, die wie ein warmes Licht für die Seele ist

ALS ICH die vierte Klasse besuchte, sind meine Eltern mit meinem jüngeren Bruder und mir aus einem kleinen Provinzdorf in die Hauptstadt Seoul gezogen, da sie von einem besseren Leben träumten. Bis dahin hatten wir mit den Großeltern in einem sehr großen Haus gewohnt, doch nun mussten wir uns in einer sehr kleinen Zweizimmerwohnung am Rand einer fremden Stadt arrangieren. Am schlimmsten war für mich aber, dass sich nicht nur die Größe des Hauses, sondern auch die der Familie verkleinert hatte. In unserem Dorf gab es neben meinen Eltern noch meine Großmutter, meinen Großvater, meine Tante, meinen Onkel, meine Cousinen und Cousins, die ich jeden Tag sah und die füreinander da waren, sowie auch noch viele andere Verwandte, die uns ab und zu besuchten. Aber seitdem wir in Seoul wohnten, waren diese Menschen nicht mehr in der Nähe, und das machte mich einsam, daher war das neue Leben in Seoul insgesamt nicht leicht.

Nach dem Umzug mussten sich auch meine Eltern an das Leben in Seoul gewöhnen, was nicht wenige Schwierigkeiten mit sich brachte. Meine Mutter hatte beispielsweise auf einmal sehr viel Zeit für sich, wusste jedoch nicht gleich, was sie mit dieser Zeit anfangen konnte. Sie schien das Leben in Seoul nicht sonderlich zu genießen. Das war nachvollziehbar, denn sie war gleichzeitig mit der Heirat bei meinen Großeltern eingezogen, musste stets auf der Hut sein, ob sie auch im Sinne ihrer Schwiegereltern handelte, und sich um den Haushalt der Großfamilie, die aus drei Generationen bestand, kümmern. Damit einhergehend strahlte sie selbst in meinen kindlichen Augen nie Ruhe aus. Auf mich wirkte sie immer angespannt, und sie hatte sehr selten Zeit für mich. Wohl deswegen verbrachte ich als Kind meine Zeit lieber mit meiner Tante oder meinem Onkel, die auf mich einen wesentlich entspannteren und glücklicheren Eindruck machten als meine Mutter.

Seitdem wir in Seoul wohnten, hatte meine Mutter für meinen Bruder und mich, wenn wir von der Schule kamen, immer einen kleinen Snack vorbereitet, gekochte Maiskolben oder Streuselkuchen, und die Vorbereitung dieser Snacks am Mittag war in dieser Zeit wohl ihre Lieblingsbeschäftigung. Es ergab sich also auch etwas Positives aus dem Umzug nach Seoul. Ich konnte nämlich mehr Zeit mit meiner Mutter verbringen.

WENN MEINE MUTTER keine Zutaten mehr für diese Snacks hatte, ging ich zusammen mit ihr ein- oder zweimal in der Woche zum Einkaufen auf den Marktplatz, der etwa zwanzig Minuten entfernt war. Auf dem Marktplatz gab es auch einen großen Supermarkt, der sehr viele interessante Sachen angeboten hat, die ich in dem kleinen Laden bei uns an der Ecke nie zu sehen bekam. Irgendwann fing ich an, die Tage zu zählen, bis ich mit meiner Mutter zum Einkaufen gehen konnte. Weil ich ihr, während wir liefen, erzählen konnte, was in der Schule passiert war, und mir diese Zeit für die Gespräche mit meiner Mutter sehr gefiel. Auf dem Heimweg durfte ich ihr auch beim Tragen des Einkaufskorbs helfen, und so griff ich meiner Mutter als ältester Sohn ein bisschen unter die Arme, was mich ein wenig stolz auf mich sein ließ.

Die Zeit, die man mit einem Familienmitglied, das man jeden Tag sieht, außerhalb des Hauses zusammen verbringt, erlebt man völlig anders als die, die man zusammen zuhause verbringt. Das gilt vor allem für das Kindesalter. Wenn ein Kind mit seiner Mutter oder seinem Vater etwas außerhalb des Hauses unternimmt und dem Kind dabei mit großem Interesse zugehört wird, bleibt diese Stunde als eine besondere und kostbare Erinnerung erhalten.

WENN JEMAND mich heute fragen würde, ob ich zum Shoppen mitkommen wolle, würde ich mich auf der Stelle umdrehen und das Weite suchen, aber die Stunden, die ich in meiner Kindheit mit meiner Mutter im Supermarkt verbrachte und mir Sachen anschaute, waren ausnehmend schön. Damals stellte der Supermarkt für mich einen prachtvollen und geheimnisvollen Ort dar, der voller merkwürdiger Dinge war, die mich, so denke ich heute rückblickend, für einen Moment die Armut unseres Alltags vergessen ließen. Oft genug entdeckte ich etwas Essbares, was sehr eigenartig aussah und ich in ausländischen Filmen gesehen hatte, und freute mich darüber. Dann kaufte mir meine Mutter das gerne, obwohl es etwas teurer als andere Dinge war.

Einmal entdeckte ich im Supermarkt englische Muffins und kaufte sie gleich, ohne genau zu wissen, wie man sie isst. Für mich waren sie eine andere Sorte von Kuchen, und ich ging davon aus, dass sie süß und sehr lecker schmecken würden wie Streuselkuchen. Aber als ich einen Bissen vom englischen Muffin nahm, war er kalt und fade und schmeckte mir überhaupt nicht. Erst ein paar Jahre später erfuhr ich, dass englische Muffins gut schmecken, wenn man sie toastet und darauf Butter oder Marmelade streicht. Ich erinnere mich auch, dass ich ein anderes Mal Zitronen kaufte. Zuhause versuchte ich, sie zu schälen, so wie ich es mit Mandarinen tat, was fast unmöglich war; sie waren natürlich auch noch zu sauer, weshalb ich sie wegwarf. Es gab aber auch ein gelungenes Experiment, und das waren getrocknete Maiskörner, mit denen man Popcorn herstellte. Ich tat sie mit Öl in die Pfanne und aß mit meinem Bruder fantastisches Popcorn. Wir waren hin und weg. Wie lecker es schmeckte. Ich war überglücklich.

Als ich mit der Grundschule fertig war und in die Mittelschule kam, also drei Jahre nach dem Umzug nach Seoul, zogen meine Eltern in eine Dreizimmerwohnung. Auf natürliche Weise ging auch die Zeit vorüber, in der ich mit meiner Mutter zum Einkaufen ging. Und meine Mutter verbrachte zum Glück auch Zeit, die sie nicht für ihren Ehemann oder ihre Kinder, sondern nur für sich gestaltete, zum Beispiel mit Schwimmen, und so fand sie auch ein Leben für sich. Sie erzählte uns, dass sie meinen Vater geheiratet habe, weil er gut schwimmen konnte, denn er hatte seinen Militärdienst bei der Marine geleistet. Nachdem sie aber selbst einige Jahre lang Schwimmen gelernt habe, wisse sie, dass mein Vater ohne jegliche Grundtechnik schwimme, so wie man sich das Schwimmen im Bach alleine selbst beibringt. Als wir das hörten, krümmten wir uns alle vor Lachen. Auch jener Tag ist mir in Erinnerung geblieben.

WÄHREND MEINER ZEIT als Professor in Amerika bekam ich gelegentlich Anfragen für Beiträge, die ich trotz meiner geringen Fähigkeiten annahm. Das lag einerseits an meiner Ansicht, dass Schreiben mir dabei helfen würde, als Mönch das Leben tiefsinniger zu betrachten und mich zu bessern, andererseits dachte ich dabei an meine Mutter. Diese Artikel waren fast so etwas wie eine

Entschuldigung dafür, dass ich seit Langem im Ausland lebte und mich nicht oft bei ihr meldete; eine Entschuldigung dafür, dass ich aus heiterem Himmel buddhistischer Mönch wurde und somit einen Weg ging, der ihr möglicherweise fremd vorkam. Auf die kleinen Artikel, die in einer Zeitschrift oder einer Zeitung erschienen, wartete meine Mutter wie auf einen Brief, der aus der weiten Ferne an sie verschickt wurde.

Nun bin ich so alt geworden wie meine Eltern, als sie mit ihren zwei Kindern nach Seoul zogen, in eine Stadt, in der sie niemanden kannten. Nach dem Sonntagsgebet entdecke ich Kinder, die im Tempelhof spielen, und mir fallen plötzlich die glücklichen Stunden ein, in denen ich mit meiner Mutter zum Marktplatz ging. Solche kleinen, aber glücklichen Erinnerungen scheinen zum warmen Licht für unsere Seele zu werden, das wir herausholen können, immer wenn uns das Leben schwerfällt. Wir können nicht immer glücklich sein, aber dank der Kraft der Erinnerung an die glücklichen Momente vermögen wir zufriedener zu sein.

Der Beruf Mutter kennt keinen Feierabend,
sie verrichtet die schwierigste Arbeit auf der Welt
und bekommt selten Anerkennung.
Der Beruf Mutter ist aber verehrungswürdig –
man reift und hat große Freude daran.

Das schönste Kind existiert,
jede Mutter auf der Welt zieht es gerade groß.

CHINESISCHES SPRICHWORT

Das Lächeln eines Kindes hat die Kraft,
die konfusen Gedanken der Erwachsenen zu stoppen
und sie von ihnen zu befreien.

Haben Eltern nicht viel Geld, dafür aber Sinn
für Humor sowie Vertrauen in sich selbst und andere,
kann ihr Kind glücklich und voller Selbstachtung aufwachsen.
Haben Eltern sehr viel Geld und sind erfolgreich
im Beruf, schämen sich jedoch für etwas an ihrem Kind,
mag das Kind zwar in allem gut sein, kann aber unter
psychologischen Problemen leiden, wenn es erwachsen ist.

Für ein Kind ist ein kleines Haus voller Liebe viel besser
als ein großer Palast ohne menschliche Wärme.

Treffen Eltern mit starkem Charakter Entscheidungen
für ihr Kind, ohne es nach seinen Wünschen zu fragen,
und zwingen es zu diesem und jenem, so wird
das Kind sie lieben und zugleich auch hassen.
Den Schutz der Eltern genießt dieses Kind,
empfindet ihn aber zugleich als ein Joch,
und so benimmt es sich oft
wie eine richtige Nervensäge.

Ein Kind rebelliert gegen seine Eltern.
Die Eltern nötigen dieses Kind dazu, mit mir zu sprechen,
doch die Lage verschlechtert sich nur.
Wer sich jetzt ändern sollte, ist nicht das Kind,
sondern die Eltern, aber da diese dazu nicht bereit sind,
bitten sie mich darum, ihr Kind zu ändern.

Wir mischen uns übermäßig viel in die Angelegenheiten
der anderen ein, weil wir vielleicht
unser eigenes Leben nicht aufrichtig führen.
Um sein eigenes Leben zu leben, braucht es Mut,
um sich ins Leben anderer einzumischen,
braucht man nur einen Mund.

Weißt du, dass du eine enorme Gewalt ausübst,
wenn du Entscheidungen für andere triffst und ihnen
dabei sagst, dass du das nur zu ihrem eigenen Wohl tust?
Raube einem anderen Menschen
nicht die Souveränität seines Lebens.
Er ist längst kein Kind mehr.

Du handelst aus reiner und guter Absicht,
es kommt aber vor, dass deine Handlung dem anderen
keine Hilfe ist, sondern ihm eher Schaden zufügt.
Das beruht auf dem Irrtum, dass etwas auch
für den anderen gut ist, nur weil es für dich gut war.
Frage dich also unbedingt, bevor du etwas
für den anderen tust, ob er das wirklich will.
Ihm etwas zu geben, was er nicht will,
hilft ihm kein bisschen.

Tue etwas, was der andere sich wünscht,
statt ihm nur zu sagen, dass du ihn liebst.
Durch dein Handeln spürt er deine Liebe.
Wenn du nur redest und dein Handeln nicht änderst,
siehst du den anderen nicht wirklich, sondern setzt deine
eigenen Gefühle an die erste Stelle.

Ein Mensch wird immer aggressiver,
wenn er weder Liebe noch Aufmerksamkeit bekommt.
Wird jemand aus unserer Nähe Tag für Tag aggressiver,
sollten wir uns erkundigen, ob es ihm
an Liebe und Aufmerksamkeit mangelt.

Als ich meine Mutter fragte, warum sie mir
nicht die gleiche Aufmerksamkeit und Liebe schenkte
wie meinen Brüdern und Schwestern, weigerte sie sich,
dies zuzugeben, und redete sich heraus.
Statt meines vergeblichen Versuches, sie zu ändern,
sollte ich eher mich ändern.

Auf der Welt gibt es nichts, was nichts kostet.
Wenn Geld gegeben und angenommen wird,
auch zwischen Eltern und Kindern, kommen mit
dem Geld stillschweigend auch Erwartungen hinzu.
Wenn du nicht willst, dass jemand sich in dein Leben
einmischt, dann nimm auch dessen Geld nicht an.

Erinnere dich an Folgendes, wenn du deine
alten Eltern pflegst: Auch wir haben als Kind
häufig Unmögliches verlangt und bereits gestellte Fragen
nochmal und nochmal gestellt.
Unsere Eltern hätten sehr gerne ihr eigenes Leben
gelebt, haben aber dennoch ihre Zeit für uns geopfert.
Unsere Eltern haben das für uns getan.
Was tust du jetzt für deine Eltern?

Behandle deine Schwiegereltern nicht zu herzlos.
Dein Kind sieht dich und wird dich genauso behandeln,
wenn du selbst alt und kraftlos bist.

Liebe Leute, tötet bitte den Wurm
zu euren Füßen nicht gedankenlos.
Dieser Wurm hat vielleicht auch Kinder.

AUF EINEM SCHILD IM JIKJI-TEMPEL

Wenn du jemanden heiratest,
weil dir sein oder ihr Aussehen gefällt,
könntest du später ein großes Problem haben.
Wie schön ein Handy auch aussehen mag,
nach dem Kauf nehmen wir das Gerät nicht oft
in die Hand, um es uns anzuschauen, sondern meistens
wegen des Inhalts, den wir mit dem Gerät bekommen.

Eine Frau streitet mit jemandem, und ihr Mann
steht ihr nicht zur Seite, sondern schimpft laut mit ihr.
Alle anderen hören das mit, und diese Frau
ist wahrlich einsam und gekränkt.
Ein Mann ist mit seinen Bekannten beisammen,
und seine Frau redet schlecht über ihren Mann.
Auch dieser Mann entfernt sich innerlich von seiner Frau.
Menschen, die zur richtigen Zeit und
am richtigen Ort das Richtige sagen,
werden länger geliebt als die, die gut aussehen.

Was wir sagen, ist bedauerlicherweise
nicht mit Photoshop zu bearbeiten wie ein Selfie.
Sind die Worte einmal ausgesprochen,
können sie nicht mehr bearbeitet werden.

Er tat es, aber nicht um dich zu kränken,
sondern weil er erschöpft war und selbst nicht genau wusste,
dass er dich damit kränken könnte.
Lege bitte nicht jedes Wort auf die Goldwaage;
hinter seinen Worten steckt immer eine bestimmte Absicht.

Statt den Menschen, der dir Stress verursacht,
genau ins Zentrum deines Herzens zu positionieren
und unter ihm zu leiden, verlagere ihn lieber an den Rand
deines Herzens und widme dich den fröhlichen Dingen.
Je mehr du an ihn denkst, desto mehr schadest du dir selbst.
Gehe lieber den Dingen nach, die du magst,
und vergiss den Störenfried.

Jemanden zu hassen, heißt, das Bild jenes Menschen tief in unser Herz einzugravieren, um ihn niemals zu vergessen. Und so dafür zu sorgen, dass er uns in unserem nächsten Leben wieder über den Weg läuft.

Dem anderen zu verzeihen, ist relativ leicht. Sich selbst zu verzeihen, ist wirklich schwer. Noch schwieriger ist es, mich selbst zu heilen und die Erinnerung an die Vergangenheit in meinem Geist loszulassen, nachdem ich mich nicht um mein inneres Kind gekümmert und es einfach ignoriert habe – das innere Kind, dem in der Kindheit eine Verletzung zugefügt wurde und das wegen dieser Verletzung immer noch wütend ist.

Bei näherer Betrachtung gibt es kein Objekt,
das nicht erstaunlich ist.
Ein Objekt ändert sich pausenlos, und wir können
kein Objekt beurteilen, nur weil wir es seit Langem kennen.
Betrachten wir einmal unsere Familie mit der Einstellung,
dass wir sie nicht gut kennen.
Wir werden anfangen, viele neue Seiten
an unserer Familie zu entdecken.

Wird unser Geist still, erscheinen
Aspekte der Welt und auch unserer selbst,
die vorher unsichtbar waren.

Meine Eifersucht, meine Schmerzen

IN MEINER KINDHEIT war ich immer, wenn ich mit meiner Familie meinen Onkel besuchte, mehrere Tage lang unglücklich. Er wohnte in einer Fünfzimmerwohnung mit zwei Badezimmern, und diese Wohnung befand sich in einem Hochhaus eines sehr reichen Stadtteils in Seoul. Damals wohnte meine Familie in einer Zweizimmerwohnung zur Miete, in die kaum Tageslicht fiel. Der Unterschied zwischen den beiden Wohnungen war aus meiner kindlichen Sicht unglaublich groß, und mir kam es so vor, als ob mein Onkel mit seiner Familie in einer anderen Welt lebte. Schon der Geruch war bei ihm anders. Wenn die Eingangstür aufging und ich in die Wohnung trat, dann duftete es rätselhaft und behaglich, völlig anders als bei uns zuhause. Außerdem lagen neben dem Schuhschrank, der direkt im Flur stand und den man deswegen als Erstes sah, wenn man in die Wohnung kam, unter anderem ein Volleyball, ein Basketball, sogar ein Fahrrad – alles, womit auch ich einmal sehr gerne hätte spielen wollen. Im Wohnzimmer stand ein großes und bequemes Sofa, wie ich es bislang nur im Fernsehen gesehen hatte, und an den Wänden hingen Holzschnitte von einem berühmten Künstler. Worum ich meinen Onkel aber am meisten beneidete, war das Zimmer mit dem Klavier. Ich hätte liebend gerne Klavier spielen gelernt, aber das konnte ich nicht, weil meine Eltern sich den Klavierunterricht nicht leisten konnten. Die Tatsache, dass der unwesentlich ältere Bruder meines Vaters und seine Familie sich an diesem wunderschönen großen Raum erfreuen konnten, war für mich stets wie eine Fata Morgana, die ich nur scheinbar mit der Hand fassen konnte.

MEIN ONKEL hatte zwei Söhne, der eine war älter als ich, der andere jünger, und ich hatte stets das Gefühl, dass ein großer Fluss zwischen ihnen und mir lag. Vielleicht lag das vor allem daran, dass meine Cousins für ein paar Jahre im Ausland gelebt hatten. Mein älterer Cousin stand stets nur jenseits des Flusses und machte nie Anstalten, meinem Bruder oder mir die Hand entgegenzustrecken, damit wir über den Fluss zu ihm konnten. Deswegen spielte ich auch bei meinem Onkel nur mit meinem kleinen Bruder. Natürlich könnte man mich fragen, warum nicht ich mich als erster meinem Cousin liebevoll genähert habe, aber offen gesagt ist es gar nicht so leicht, als ein Armer einem Reichen die Hand entgegenzustrecken. Überdies war ich damals noch ein kleines Kind, und der Ort, an dem wir uns trafen, war nicht bei mir, sondern bei ihm. Es war meistens so, dass ich mir wie ein ungebetener Gast bei meinem Onkel vorkam und mit einem namenlosen Verlustgefühl im Herzen wieder nach Hause ging.

Heute, da ich erwachsen bin, kann ich relativ frei und ohne Schwierigkeiten von meinem Komplex zu jener Zeit sprechen, in der ich arm war. Aber in meiner Kindheit stellte die Wohnung und die Familie meines Onkels für mich eine Existenz dar, die gigantisch und unnahbar war und mich endlos schäbig fühlen ließ, eine Existenz, die mich dazu brachte, lange einen Groll meinen Eltern gegenüber zu hegen. Ich hatte insgesamt gute Noten, dennoch erfuhr ich, wenn ich meinen Onkel besuchte, dass mein Cousin entweder der Beste oder Zweitbeste in der Schule war, und so stand ich ausnahmslos in seinem Schatten und musste wiederholt Momente über mich ergehen lassen, in denen mein Stolz verletzt wurde und ich unter Minderwertigkeitsgefühlen litt. Mir schien, dass ich niemals den hohen Berg, auf dessen Gipfel meine Cousins mühelos standen, erklimmen könnte, wie sehr ich mich in meinen ärmlichen familiären Verhältnissen auch anstrengen würde.

WAHRSCHEINLICH GIBT ES für jeden eine Szene aus der Kindheit, an die man sich sehr lebhaft erinnert, wenn man die Augen schließt. Auch für mich gibt es eine Szene, die ich bis heute nicht vergessen habe. Ich besuchte die fünfte Klasse, und alle Verwandten kamen zusammen, um den Geburtstag meiner Großmutter zu feiern. Obwohl ich mehrmals gesagt hatte, dass ich nicht mitkommen wolle, nahmen meine Eltern meinen Bruder und mich an die Hand und zerrten uns zu unserem Onkel. Ich grüßte die Leute dort mehr oder weniger, und meine Tante schob mich in ein Zimmer und sagte, ich könne dort mit den Cousins spielen. Nach langer Zeit wechselte ich mal wieder ein paar Worte mit meinem jüngeren Cousin. Er zeigte mir ein Spielzeug und meinte, seine Eltern hätten ihm das aus Amerika mitgebracht. Es sah wie eine Kamera aus; man steckte eine Scheibe hinein und schaute durch, dann präsentierten sich farbige Fotos verschiedener Nationalparks der USA. Mein Cousin erlaubte mir, mit diesem Spielzeug zu spielen, und ich zeigte und erklärte meinem Bruder, wie es funktionierte, und spielte so eine Weile mit ihm.

Aber irgendwann drehte sich die Scheibe nicht mehr so einwandfrei wie vorher. Ich drückte und tastete an dem Spielzeug, und, oh Himmel, die Scheibe war zerknittert und eingerissen! Ich überlegte mir sehr lange, wie ich das Problem lösen sollte, und dann stand ich ruhig auf, ging aus der Wohnung und warf die Filmscheibe weg. Danach tat ich so, als ob ich keine Ahnung hätte, dass die Scheibe verschwunden war.

Mein Cousin fragte mich natürlich, wo die Scheibe sei. Er fragte mich immer wieder aufs Neue, und da er von mir weiter dieselbe Antwort bekam, dass ich keine Ahnung hätte, verpetzte er mich bei seiner Mutter. Sie kam zu meinem Bruder und mir und fragte uns, ob wir wirklich nicht wissen würden, wo die Scheibe geblieben sei. Es war sehr eigenartig. Als ich diese Frage von meiner Tante gestellt bekam, gerieten meine Emotionen, von denen ich bis zu jenem Moment nicht mal wusste, dass ich sie hatte, außer Kontrolle. Es war eine Mischung aus Traurigkeit, Wut, Hass, Gereiztheit und dem Gefühl, ungerecht behandelt zu werden – wahrlich sehr komplexe und kuriose Emotionen. Übermannt von diesem Gemisch an Emotionen heulte und schluchzte ich lange und schwor mir, nie wieder zu meinem Onkel zu gehen. Bei den nächsten Feierlichkeiten wurde ich selbstverständlich wieder von meinen Eltern dorthin gezerrt.

Wenn ich als Erwachsener nun zurückdenke, vermute ich, dass ich damals enorm eifersüchtig darauf war, dass meine Cousins etwas besaßen, was ich nicht hatte. Eine Episode, die jedem mal in seiner Kindheit passieren und worüber man später lachen könnte, aber auch heute noch verspüre ich tatsächlich Schmerzen in meinem Herzen, wenn ich an sie denke. Jene komplexen Emotionen kann man vielleicht in das Wort »Eifersucht« hineinzwängen, auf jeden Fall handelt es sich um eine Emotion, die einem Menschen sehr wehtut und schrecklich niederschmetternd ist.

DENKE ICH gründlich über die Emotion Eifersucht nach, stelle ich fest, dass die Eifersucht gar nicht durch jemanden hervorgerufen wird, der weit entfernt von uns ist oder völlig anders als wir. Nein, wir werden meistens eifersüchtig auf jemanden, der uns nahesteht. Beispielsweise sind wir eifersüchtig auf den Kollegen, der gleichzeitig mit uns oder gar später als wir bei der Firma anfing und vor uns befördert wurde, aber nicht auf Bill Gates, der mit uns gar nichts zu tun hat. Wir werden auch eifersüchtig, wenn wir erfahren, dass ein Bekannter von uns etwas besitzt, egal ob etwas Materielles oder Geistiges, was wir nicht haben. Ist die Intensität der Emotion schwach, bleibt die Eifersucht bei einfachem Neid, wird die Intensität aber stärker, dann wandelt sich die Eifersucht in Wut, starken Hass oder sogar Gewalt.

Allerdings kann diese Emotion nur hervorgerufen werden, weil man nicht das Ganze, sondern nur einen bestimmten Teil sieht, einen Ausschnitt aus dem Leben und nicht das ganze Leben. Man wird eifersüchtig auf jemanden, wenn man beispielsweise nur sein Vermögen, die Fähigkeiten oder das Aussehen bemerkt, aber nicht den Stress, unter dem derjenige vielleicht leidet, um das behalten zu können, was er hat. Das will heißen, dass er uns glücklicher und besser erscheint, weil wir eben nur das sehen, was er hat und wir nicht. Aber in Wirklichkeit kann auch er durchaus Leiden und Unruhe in sich tragen und kein reines Glückskind sein, so wie wir es uns vielleicht vorgestellt haben.

Verwenden wir die Emotion Eifersucht klug, kann sie ein Motor werden, der unsere Fähigkeiten ohne Unterlass vorantreibt und uns ebenso dazu veranlasst, uns weiter anzustrengen. »Will der Himmel einen Menschen zu jemandem werden lassen, der über hervorragende Fähigkeiten verfügt, dann schickt er ihm einen Konkurrenten, der auf einen flüchtigen Blick fähiger als er aussieht«, sagt man. Die Energie der Eifersucht soll darauf verwendet werden, dass wir uns selbst vorantreiben, anstatt sie in Emotionen des Geistes wie Wut oder Hass einzusperren. Dann werden wir später erkennen, dass der Mensch, der bei uns die Eifersucht hervorgerufen hat, der größte Retter unseres Lebens war.

Ein peinliches Geständnis: Ich glaube, dass es an der Konkurrenz mit meinen Cousins in meiner Kindheit lag, dass ich unbedingt zur Ivy League in Amerika wollte und mich dafür dermaßen angestrengt habe. Ich habe gedacht, dass ich für mein Studium an diese Universität gegangen sei, aber ein Teil von mir, mein kindlicher Geist wollte der Welt wenigstens in jener Form zeigen, dass ich nicht schlechter bin als meine Cousins. Ohne die Kraft der Eifersucht hätte ich wahrscheinlich nicht so verbissen gelernt, wie ich es getan habe. Jetzt, auch wenn es etwas spät ist, möchte ich mich bei meinen Cousins bedanken und mich auch entschuldigen. Und ich möchte mein kleines, armes Ich in der Vergangenheit einmal innig umarmen.

Kapitel 4

Zahlreiche Facetten der Freundschaft

Ein Freund, der mir Kraft schenkt

ÄLTERE BUDDHISTISCHE MÖNCHE meinen, man solle die irdischen Dinge loslassen, die einem kostbar waren, und als ein neuer Mensch geboren werden, wenn man das Gelübde abgelegt hat und ordinierter Mönch geworden ist. Statt bunte Kleidung, die man als irdischer Mensch anhatte, solle man eine Mönchsrobe in der Farbe von Tusche tragen und auch die Haare, die man auch das »Gras der Unwissenheit« nennt und bisher schön frisierte, um anderen gutaussehend zu erscheinen, komplett kahl scheren lassen. Außerdem solle man sich mit dem buddhistischen Namen vorstellen, den man von seinem Meister neu erhält, statt mit dem, den man von Geburt an getragen hat. Aber vor allem solle man denken und handeln, wie es einem Praktizierenden gezieme.

Neben Kleidung, Haaren und Namen gehören zu dem Irdischen, das ein Mönch loszulassen hat, auch Freunde, die er kennengelernt hat, bevor er Mönch geworden ist. Das ist damit begründet, dass alte Angewohnheiten, von denen man mittlerweile Abstand hält, erneut auftreten können, wenn man seine Zeit oft mit Freunden aus vergangenen Zeiten verbringt. Mir wurde auch gesagt, dass das nicht nur für mich, sondern auch für meine alten Freunde gut sei, denn sie hätten wahrscheinlich verschiedene Schwierigkeiten mit der jetzigen Situation, angefangen mit dem, wie sie mich ansprechen sollen, jetzt da ich ein Mönch geworden bin.

Während ich mir all das anhörte, konnte ich nachvollziehen, dass man sich von Kleidung, Haaren und auch dem Namen verabschieden soll. Aber von Freunden? Kann man wirklich eine zwischenmenschliche Beziehung mit einem Schlag für immer beenden? Allerdings betraf mich diese Frage damals nur am Rande. Ich wohnte nämlich in Amerika, nachdem ich Mönch geworden war, weil sich der Tempel meines Lehrmeisters dort befand. Dementsprechend war es für mich ohnehin nicht möglich, mich oft mit meinen alten Freunden zu treffen, selbst wenn ich es gewollt hätte. Wir konnten uns zwar nicht treffen, was aber nicht heißt, dass ich sie vollständig vergessen hatte. Und auch sie haben mich nicht vergessen.

ES WAR an einem späten Herbsttag, als Minsu sich bei mir meldete. Eine E-Mail. Er war ein Schulfreund, genau genommen mein bester Freund während der Oberschulzeit. Minsu und ich waren in unserem Denken, unseren Lieblingsbeschäftigungen und überhaupt in vielen Dingen ähnlich. Als ich seine E-Mail bekam, war ich gerade in Korea. Er schrieb, dass er mein erstes Buch *Die schönen Dinge siehst du nur, wenn du langsam gehst* gesehen und mich gleich erkannt habe, obwohl das Buch nicht unter meinem weltlichen Namen, sondern meinem buddhistischen veröffentlicht wurde, und fügte hinzu, dass er meine E-Mail-Adresse vom Verlag bekommen habe.

Ich dachte nach und realisierte, dass ich Minsu vor mehr als zwanzig Jahren das letzte Mal gesehen hatte. Diese lange Zeit schlug sich auch in den Worten Minsus nieder. Beim Lesen hatte ich nämlich den Eindruck, dass er die Wörter und Sätze mit Bedacht ausgewählt hatte, unsicher, wie er mich jetzt ansprechen soll, ob er mit mir wie früher sprechen dürfe oder nicht.

Ohne lange nachzudenken, wählte ich die Telefonnummer, die Minsu in seiner E-Mail mitgeteilt hatte.

»Hallo, Minsu, ich bin's. Sag mal, wann hast du denn Zeit?«

Auf meinen lockeren Ton reagierte auch Minsu gleich entspannt. Wir unterhielten uns wie damals während der Schulzeit und machten gleich einen Termin für ein Wiedersehen aus.

Ich kam etwas früher als vereinbart zu unserem Treffpunkt und wartete auf meinen alten Freund. Ich war neugierig, wie er sich mittlerweile verändert haben könnte. Würde er mich mit meinen geschorenen Haaren und meiner grauen Mönchsrobe gleich erkennen? Sah er auch heute noch so gut aus wie früher? Während ich mir solche Fragen stellte, entdeckte ich ihn von Weitem. Die Zeit hatte auch bei ihm Spuren hinterlassen, aber es war zweifellos mein Freund Minsu, auf den ich mich gefreut hatte.

»Wow, es ist wirklich lange her, dass wir uns zuletzt gesehen haben. Wir sind in den Vierzigern, Männer mittleren Alters, und trotzdem: Haben wir nicht eben noch die Schule besucht?«

Während ich wegen meiner Promotion in Amerika sehr beschäftigt war, hatte auch Minsu, so erfuhr ich, etwa zehn Jahre für sein Studium in Frankreich verbracht.

»Wir hatten doch einen sehr guten Französischlehrer. Wenn er wüsste, was aus dir geworden ist, wäre er bestimmt stolz auf dich.«

Das Gespräch mit meinem alten Freund begann mit vergangenen Ereignissen, an die wir uns eines nach dem anderen erinnerten. Gespräche darüber, dass wir im Schulchor gesungen hatten, wie eifrig wir Bücher vom Verlag *Welt des Geistes* gelesen hatten, und über Filme, die wir zusammen mit anderen Schulkameraden gesehen hatten, sowie nicht zuletzt über unseren Klassenlehrer und noch mehr. Eine Zeit, die mir damals so vorkam, als würde alles im Dunkeln liegen und ich würde gerade eine schwierige Phase durchmachen. Während ich jedoch mit Minsu über jene Zeit redete, stellte ich fest, dass ich doch auch viele schöne

Erinnerungen habe. Nach dem Abendessen tranken Minsu und ich noch Tee, und unser Gespräch fand seinen Anschluss an das jetzige Leben.

Auf einmal sagte Minsu jedoch: »Du warst schon als Schüler außergewöhnlich. Im Vergleich zu den anderen warst du immer sehr mutig. Wie du sofort alles in die Tat umgesetzt hast, wenn es etwas gab, was du wolltest!«

»War ich so?«, fragte ich mich, weil ich dachte, dass ich sowohl damals als auch heute ein gewöhnlicher und unauffälliger Mensch war und bin, während mir die Worte von Minsu nun ein anderes Gefühl vermittelten. Ich erfuhr noch, dass er ein Buddhist war und gelegentlich in einen buddhistischen Tempel ging. Früher hatte ich auch das nicht gewusst.

ALS WIR UNS verabschieden wollten, sagte Minsu plötzlich, ohne ein Lächeln und mit sehr ernstem Ton: »Haemin Sunim, die Leute von heute haben es sehr schwer im Leben. Bitte seien Sie unser geistiger Lehrer, der uns Trost spendet.«

Diese Worte, die Minsu nicht mehr per Du, sondern auf einmal per Sie und auch nicht als ein alter Freund von mir, sondern als ein Buddhist an mich richtete, empfand ich als eine Bitte aus tiefstem Herzen. »Ja, natürlich will ich das. Selbst Minsu hat Vertrauen in mich. Ich muss zwar noch viel besser werden, aber ich will ein Mensch sein, der mit warmem Herzen das Leid der anderen umarmen kann. Ich will jemand sein, der den Menschen hilft, die sich in einer schwierigen Lage befinden, indem ich ihnen Hoffnung schenke, in ihnen die Weisheit erwecke, damit sie ihre momentane Lage ruhig und gefasst überwinden können«, sagte ich mir. Die ernsthafte Bitte von Minsu war für mich wie die warmen Worte eines Lehrers, die mich dazu brachten, gründlich über mich zu reflektieren. Allein aus der Tatsache, dass jemand Vertrauen in uns hat, schöpfen wir nicht selten Kraft, weiter zu leben. Immer wenn mir ein Buddhist mit festem Glauben begegnet, der mir trotz meiner Unzulänglichkeit vertraut und in mir einen Lehrer sehen will, werde ich von Ehrfurcht erfüllt, und das veranlasst mich stets, über mich gründlich nachzudenken und mich weiter zu bemühen.

ICH SAGTE MINSU, dass es mir gar nichts ausmache, mit der U-Bahn zu fahren, und er doch in die Gegenrichtung fahren müsse. Dennoch ließ er mich in seinen Wagen einsteigen.

»In die Gegenrichtung? Was macht das schon aus? So können wir uns noch ein bisschen weiter unterhalten.«

Prompt waren wir wieder Oberschüler. Wir fuhren durch die sternenklare Nacht, freuten uns über jede rote Ampel und verbrachten noch ein bisschen Zeit im Wagen mit schönen Gesprächen.

Einer der glücklichsten Momente auf der Welt:
Ein Wiedersehen mit einem alten Freund
nach langer Zeit und mit ihm die ganze Nacht hindurch
zu reden, zu reden und zu reden.

Ist die Familie eine vom Himmel
zusammengeführte Beziehung, sind die Freunde
die Familie, die ich selbst gewählt habe.

HENRY DAVID THOREAU

Richte eines deiner Lebensziele darauf aus,
zehn gute Freunde zu haben.
Viele gute Freunde zu haben, kann vielleicht mehr
Wirkung auf das Glück haben als Erfolg oder Ruhm.
Neben der Familie und Arbeitskollegen
spielen auch Freunde eine große Rolle im Leben,
so wie man neben der Wohnung und dem Arbeitsplatz
noch etwa einen Park oder eine Buchhandlung
als einen dritten Ort der Ruhe braucht.

Am Nebentisch in einem Café sitzen
mehrere junge Frauen zusammen, und eine sagt,
dass sie einen guten Job gefunden habe.
Ihre Freundinnen wiederholen immer wieder: »Super!«,
und freuen sich riesig für die Freundin,
sodass auch ich mich freue.
Den Freunden häufig zu sagen: »Super!
Ich habe immer gewusst, dass du das schaffst!
Ich freue mich unglaublich für dich!«
– das ist Glück.

Ein guter Freund ist ein Magier.
Ein Magier, der meine Freude
im Handumdrehen verdoppelt.

Wusstest du schon, dass die Wahrscheinlichkeit zu lachen
um das Dreißigfache steigt, wenn man nicht alleine,
sondern mit jemandem zusammen ist?
Nur in fünfzehn Prozent der Fälle lacht man,
weil etwas wirklich lustig ist, ansonsten lacht man,
weil man mit den Emotionen seines Gegenübers mitfühlt.
Das Lachen ist der Kitt, der zwischenmenschliche
Beziehungen enger zusammenführt.

Ein Treffen um des Treffens willen,
ohne einen anderen Zweck.
Hat ein Treffen keinen anderen Grund,
lächelt das Glück, das sich zwischen
den Menschen verborgen hat.

Auf der Welt gibt es zwei Arten
von freundschaftlichen Treffen.
Bei einem wird hauptsächlich über die Abwesenden
geredet, bei dem anderen sprechen die Anwesenden
darüber, was sie im Herzen tragen.
Das letztere ist viel wertvoller.

Ein wahrer Freund spricht über mich
nicht hinter meinem Rücken,
sondern direkt mit mir.

»Du denkst über meine Fehler nicht schlecht,
sondern hast immer Verständnis für sie.
Dafür bin ich dir stets dankbar.
Es ist mein großes Glück,
dass ich einen guten Freund wie dich habe.«

Während du den Makel oder den Fehler eines anderen
aussprichst, verschlimmert sich
gleichzeitig der gleiche Fehler in dir.
Vergiss diese einfache, aber wichtige Wahrheit nicht.

Hältst du jemanden für dickköpfig,
dann wahrscheinlich, weil du selbst dickköpfig bist.
Wärest du nicht dickköpfig, würdest du
den anderen einfach für einen Menschen
mit Entscheidungsvermögen und Tatkraft halten.

Eines der leichtesten Dinge auf der Welt ist,
über die Fehler der anderen zu reden.
Eines der schwierigsten Dinge auf der Welt ist,
über seine eigenen Fehler nachzudenken.

Rede bei Treffen mit Freunden lieber nicht
über die anderen, sondern über dich.
Nur so fühlen deine Freunde sich mit dir verbunden.
Da du mutig bist und zeigst, wie du wirklich bist,
anstatt wie jemand Vollkommenes erscheinen zu wollen,
kommst du auch deinen Freunden näher.

Wenn wir jemandem von unserem Kummer erzählen,
es danach aber bereuen und denken:
»Das mache ich nie wieder und bei niemandem«,
dann liegt das daran, dass der andere über uns urteilt,
wir selbst seien an unserem Problem schuld,
oder er uns belächelt und mit seinen Gedanken
woanders ist, statt uns mit warmem Herzen aufzunehmen.
Das ist sein Fehler und nicht unserer.
Wir haben über unseren Kummer gesprochen,
das war sehr mutig.

»Glaub mir, bei mir war es noch schlimmer«,
und endlos von seinen eigenen üblen Erfahrungen
zu erzählen, um dem leidenden Freund sein Mitgefühl
zu zeigen, spendet keinen großen Trost.
Was er jetzt braucht, ist jemand, der ihn fragt,
wie es ihm gerade geht, und ihm Gehör schenkt,
und nicht jemand, der ihm die Chance nimmt,
sich wirklich auszusprechen.

»Vergiss das alles schnell. Das Leben geht weiter«,
auch das hilft dem leidenden Freund kaum.
Er will ja alles schnell vergessen und weiß sehr wohl,
dass das Leben weitergeht, schafft das aber nicht –
und genau deswegen leidet er.
Was du sagst, um ihm Mut zu machen,
kann er als Ungeduld auffassen,
unter der er zusätzlich leiden muss.
Zeige ihm lieber dein Mitgefühl und sage ihm:
»Du hast es echt schwer. An deiner Stelle
würde ich genauso leiden.«

Wir verwechseln häufig »Er ist so«
und »Ich hoffe, dass er so ist«.
»Ich hoffe, dass er so ist«, enthält unseren eigenen Wunsch
und wird oft als »Er ist bestimmt so« verstanden.
Auf diese Weise säen nur wir alleine Erwartungen
und ernten auch alleine Enttäuschung.

Solange wir einen Menschen nur flüchtig kennen,
ist es möglich, ihn in unserem Geist
nach unserem Belieben zu modellieren.
Aber wenn wir ihn näher kennenlernen, stellen wir fest,
dass er nicht unserer Erwartung entspricht,
und das führt zu Enttäuschung.

Jedoch geschieht das vom Anfang bis zum Ende
nur in unseren Gedanken.
Er hat nie verlangt, dass wir ihn für gut halten sollen.
Er hat uns auch nicht bewusst enttäuscht.

Nimm möglichst Abstand von Treffen mit Menschen,
die bei dir danach nur Missmut hervorrufen.
Triff dich lieber mit Menschen, die einander unterstützen
und motivieren oder von denen du etwas lernen kannst,
bei denen du Wärme und eine tiefe Verbundenheit spürst.
Wenn ein Treffen mit jemandem, der deinen Geist trübt,
unvermeidbar ist und du an ihm etwas Negatives entdeckst,
sage dir selbst jedes Mal: »So will ich niemals sein«,
dann wird er zu deinem Lehrer.

Denke zugleich gründlich darüber nach,
warum du dich unwohl fühlst,
immer wenn du diesen Menschen siehst.
Ist er dir unangenehm,
weil er einen bestimmten Teil in dir berührt?
Frage dich selbst,
ob diese Berührung wirklich seine Schuld ist.
Frage dich selbst, ob es vielleicht
an einer Erinnerung aus deiner Vergangenheit liegt.

☾

Prächtige Blumen wie Rosen verwelken schnell,
wenn sie in ein Zimmer gestellt werden.
Wilde Blumen mit ihrer schlichten Schönheit
bleiben ziemlich lange frisch.
Auch die Beziehung mit Menschen, die hervorragend
in ihrem Bereich sind oder großartig aussehen,
ist anfangs gut, hält aber nicht sehr lange an.
Die Beziehung mit einem Menschen, der schlicht immer
an seinem Platz bleibt, halte ich persönlich für eine gute.

Durch Bücher oder Schulunterricht
gewinnen wir großartige Lehren.
Durch das Treffen mit anderen Menschen gewinnen wir
noch großartigere Lehren, und es ändert sich unser Leben.
Heute Morgen kam mir dies plötzlich in den Sinn.
Willst du dein Leben ändern, dann finde
einen guten Menschen und triff dich mit ihm.

Nach dem Treffen mit einem guten Freund
liebe ich mich mehr wegen seiner
positiven Reaktion auf mich.

Manche Leute gehen zu einem Priester,
andere wenden sich der Poesie zu;
ich gehe zu meinen Freunden.

VIRGINIA WOOLF

Ein Tag, an dem ich mehr für den anderen als für mich da war

IN DIESEM JAHR war ich schon zum zweiten Mal erkältet. Ich war immer stolz, dass ich von Natur aus eine robuste Gesundheit habe. Aber mittlerweile habe ich viele Termine, und irgendwann begann ich das Ritual zu vernachlässigen, bei Morgendämmerung auf einen Berg zu steigen, und schon ging es mir nicht mehr so gut wie früher. Neulich bemerkte ich beim Aufwachen schon wieder ein Signal, dass mein Körper ein Problem hatte. Zum Glück stand an dem Tag weder eine gemeinsame Gebetsstunde noch eine Besprechung in der *Schule der gebrochenen Herzen* auf dem Plan, daher nahm ich mir fest vor, zunächst zum Arzt zu gehen und mich den ganzen Tag richtig auszuruhen. Fast gleichzeitig ertönte jedoch mein Handy. »Haemin Sunim, wir sehen uns in etwa einer Stunde.« Eine SMS, die mich an den Termin an jenem Tag erinnerte. Ach du lieber Himmel, dachte ich.

Die SMS war von einem Bekannten, einem ausländischen Arbeiter, den ich mit anderen einmal getroffen hatte. Er hatte großes Interesse an Meditation gezeigt und wollte sehr gerne mehr darüber erfahren, dafür hatte er sich ein Treffen mit mir allein gewünscht. Deshalb hatte ich einen Termin mit ihm ausgemacht, und dieser Termin war genau an jenem Tag. Ich packte schnell meine Tasche und fuhr zum Treffen. Ich dachte, dass ich nach diesem Termin zum Arzt gehen könnte.

Der Bekannte kam, und ich musste leider feststellen, dass er viel schlechter und erschöpfter aussah als ich. Ich fragte ihn, ob bei ihm alles in Ordnung war.

Daraufhin berichtete er: »Seit einigen Tagen habe ich stechende Schmerzen in den Handflächen und Fingern. Ich glaube, dass das mit der Arbeit zusammenhängt. Dabei mache ich immer dieselbe Bewegung. Außerdem tun mir die Fußsohlen weh, und ich habe Muskelkater in den Beinen, da ich im Stehen arbeite.«

Intuitiv dachte ich, dass Akupunktur ihm helfen könnte, und fragte ihn, ob er schon mal eine Akupunkturbehandlung bekommen hatte.

»Nein, das habe ich nur mal gesehen«, antwortete er, »da sticht man mit Nadeln. Aber eine Akupunkturbehandlung hatte ich noch nie. Ich habe Angst vor Nadeln.«

»Es kann sein, dass es ein bisschen wehtut, aber das ist nicht der Rede wert. Die Nadeln sind sehr dünn, deswegen tun sie nicht so weh, wie man denkt. Und bei Muskelverspannungen wirken sie gut. Überlegen Sie es sich bitte, ich denke, dass es Ihnen helfen würde«, sagte ich ihm und versuchte, ihn so zur Akupunktur zu überreden. Und das gelang mir.

Nun hatte ich wieder ein Problem, denn ich kannte keine Arztpraxis in der Nähe, zu der wir zur Behandlung fahren konnten. Ich musste mehrere Leute anrufen, bis mir ein Spezialist für Akupunktur, den wir schnell erreichen konnten, empfohlen wurde. Dieser sollte wirklich hervorragend in seinem Bereich sein. Wir kamen in der Arztpraxis an, und nach etwa dreißig Minuten Warten waren wir an der Reihe. Der Arzt stellte einige Fragen an meinen Bekannten, untersuchte ihn, fand rasch den Grund seiner Schmerzen und stach die Nadeln routiniert in seine Hände, Füße und Beine. Nach der Behandlung schloss und öffnete mein Bekannter mehrmals die Hände und sagte, dass sie schon lockerer seien als vorher, und war sichtlich erstaunt. Er strahlte sogar, als der Arzt sagte, dass es ihm nach zwei oder drei weiteren Behandlungen wesentlich besser gehen werde.

Aus eigener Erfahrung weiß ich nur zu gut, wie man sich fühlt, wenn man alleine im Ausland lebt, die Landessprache nicht gut beherrscht und zu allem Überfluss noch krank ist. Selbstverständlich ist man dann betrübt und einsam. Mir geht es nahe, wenn ich Menschen wie meinen Bekannten vor mir habe.

Es wurde Zeit zum Mittagessen, und daher fragte ich ihn, was er gerne essen würde. Er zögerte kurz, und dann sagte er: »Jetzt habe ich große Lust auf ein Gericht aus meiner Heimat.« Wenn man krank ist, fällt einem natürlich das Essen ein, das man gemütlich als Kind mit der Familie zu Hause gegessen hat. Im Internet fand ich in der Nähe ein Spezialrestaurant für die Gerichte seiner Heimat, und wir fuhren dorthin. Wir bestellten unser Essen und unterhielten uns viel über Meditation, worüber wir an jenem Tag ohnehin sprechen wollten. Nach dem Essen sagte mein Bekannter, dass er nach Ewigkeiten wieder etwas aus seiner Heimat gegessen und es ihm sehr gut geschmeckt habe. Er fügte noch hinzu, dass er beim Essen an seine Familie in der Heimat gedacht habe. Er konnte den Satz jedoch nicht richtig beenden, weil seine Augen sich mit Tränen füllten.

»Darf ich Sie um noch einen Gefallen bitten?«, fragte er mich sehr vorsichtig, als wir aus dem Restaurant gingen.

»Selbstverständlich«, erwiderte ich.

Daraufhin erfuhr ich, dass er seit mehr als einem Monat Probleme mit seinem Handy hatte und es repariert werden musste. Aber sein Koreanisch war nicht gut genug, meinte er, um seine Probleme zu schildern. Deshalb benutzte er sein Handy, das nicht ordentlich funktionierte, einfach weiter. Das musste sehr unbequem für ihn gewesen sein, dachte ich und ging mit ihm direkten Weges in einen Handyladen. Dort erklärte ich dem Angestellten das Problem mit dem Handy, woraufhin der Angestellte sagte, dass dieses Problem ganz einfach zu beheben sei, und er reparierte das Handy tatsächlich auf der Stelle.

Als wir uns verabschiedeten, bedankte sich mein Bekannter bei mir und berichtete, dass seine Hände und auch seine Beine sich wesentlich lockerer anfühlten und auch die Schmerzen eindeutig nachgelassen hätten. Er wiederholte mehrmals, dass er dank mir akute kleine und große Probleme gelöst und auch das Essen aus seiner Heimat essen konnte, auf das er große Lust gehabt hatte. Für das alles sei er mir sehr dankbar. Verglichen mit dem Anfang unseres Treffens sah er auch viel besser aus, und ich sah ihm nach, wie er zur U-Bahn-Station ging. Ich fühlte mich dabei auch gut und war irgendwie stolz und zufrieden mit mir.

ALS ICH NUN alleine dastand, erkannte ich etwas, was mich erstaunte. Mit meinem Bekannten war ich zum Arzt gegangen, hatte in einem Restaurant zu Mittag gegessen, mich mit ihm unterhalten und sein Handy reparieren lassen. So hatte ich einige Stunden verbracht, und während dieser Zeit hatte ich gänzlich vergessen, dass ich krank war. Als ich morgens aufgestanden war, hatte ich mich doch definitiv in einem Zustand befunden, in dem ich mich kaum bewegen konnte! Offensichtlich hatte ich Kraft bekommen, die ich mir selbst nicht erklären konnte, als mir klar wurde, dass meine Hilfe benötigt wurde. Selbst meine Wahrnehmung, dass ich tatsächlich krank war, war im Vergleich zum Morgen wesentlich schwächer geworden.

Da kam mir der Gedanke in den Sinn, dass wir uns im Leben hin und wieder unglücklich fühlen, weil wir möglicherweise unsere eigenen Probleme wiederholt als etwas sehr Großes wahrnehmen. Je mehr wir in negativen Gedanken versinken, desto fester sperren wir uns in diesen Gedanken ein, sodass es kaum mehr möglich wird, aus diesem Mechanismus herauszukommen. In solchen Momenten helfen wir uns selbst sehr, wenn wir jemandem eine kleine Freundlichkeit erweisen. Sehen wir, dass es dem anderen durch unsere kleine Hilfe besser geht, steigt sowohl unsere Selbstachtung als auch das Gefühl der Verbundenheit mit der Welt. Da merken wir, dass wir nicht nutzlos sind – anders als wir vorher vielleicht gedacht haben.

Bedauerlicherweise denken die meisten Menschen, dass man jemand anderem erst helfen kann, nachdem sich die eigene Situation verbessert hat. Damit einhergehend werden kleine Hilfen immer wieder auf morgen und somit nach hinten verschoben, und man sagt, man stecke selbst bis über beide Ohren in Schwierigkeiten. Das ist sehr schade. Denn wenn man darauf wartet, dass erst die eigene Situation vollkommen zufriedenstellend ist, dann ist es sehr wahrscheinlich, dass niemals die Zeit im Leben eintritt, in der man jemandem helfen kann. Selbst wenn die Lage allgemein zufriedenstellend wäre, würden wir denken, dass das nicht genug ist und noch besser werden sollte. Bekanntlich ist unser Verlangen nach mehr endlos. Stets jemandem ein bisschen in dem Rahmen zu helfen, den einem die eigene Lage erlaubt, ohne an dem Ast zu sägen, auf dem man sitzt, damit heilt man schließlich sich selbst und kommt der Vollständigkeit ein kleines Stückchen näher. An dem Tag, von dem ich dachte, dass ich meinem Bekannten geholfen habe, hat er womöglich mir geholfen und mich geheilt.

Mein Glück ist,
denjenigen glücklich zu sehen,
dem ich geholfen habe.

Das Glück wächst, wenn wir unser selbstbezogenes Grübeln
reduzieren, uns dafür ernsthaft Sorgen um das
Wohlergehen der anderen machen und ihnen helfen.

Wenn man die Leistung eines Menschen
beurteilen will, spielt es eine wichtige Rolle,
was er in seinem Leben erreicht hat.
Genauso wichtig ist aber, welchen Menschen
er geholfen hat, damit sie etwas
in ihrem Leben erreichen konnten.

Ein Freund meldete sich nach langer Zeit wieder
und schlug ein Treffen vor.
Ich ging zum Treffen, und mein Freund kam nicht allein,
sondern mit seiner Freundin, die Smartphone hieß.
Er kümmerte sich rührend um seine Freundin,
auch während er sich mit mir unterhielt.

Ein Bekannter rief mich an und fragte mich,
ob er sich auch wegen einer Lappalie
bei seinem Freund entschuldigen müsse.
Ich hörte mir seine Geschichte an und dachte,
dass das Geschehene für ihn eine Lappalie sein könnte,
aber für seinen Freund eine Verletzung. Für denjenigen,
der jemanden verletzt, scheint alles eine Lappalie zu sein.
Darum gibt es viele Menschen, die sagen,
sie seien verletzt worden, aber gar keinen,
der sagt, er habe jemanden verletzt.

Wenn es schneit und man den Schnee sofort wegräumt,
ist diese Arbeit leicht, aber einen Tag später wird es schon
schwierig, weil der Schnee bereits festgefroren ist.
Wenn wir mit einem Freund gestritten haben,
sollten wir das Problem auch sofort aus der Welt schaffen,
bevor unsere Emotionen festgefroren sind.
Das wird immer schwieriger, je länger wir warten.

Wird der Schmutz am Körper
nicht oft abgewaschen, muss er kräftig
weggeschrubbt werden, und das tut weh.
Bleibt der emotionale Schmutz zu lange haften,
tut es auch sehr weh, wenn er
aus unserem Herzen entfernt werden soll.

Wer um Verzeihung bittet, sollte dies auf eine
ehrliche und authentische Weise tun,
die der andere auch wahrnehmen kann.
Eine wirklich ernsthafte Entschuldigung
ruft so Verständnis hervor, lässt das Geschehene
menschlich erscheinen, und jeder weiß, dass er in
der gleichen Situation vielleicht ähnlich gehandelt hätte.

Ein Opernsänger, der über ein großes
Stimmvolumen verfügt und in der Lage ist,
laut zu singen, zügelt sich und singt tief und sanft.
Dieser Klang, er ist wunderschön.
Ein Mensch, der über die Macht verfügt, den Gegner
restlos zugrunde zu richten, zeigt Verständnis
und verzeiht ihm. Dieser Mensch, er ist wunderbar.

Dir geht es nicht besser, und auch deine Laune
verbessert sich nicht, wenn du beweist,
dass du Recht hast und die anderen nicht.
Konzentriere dich lieber darauf, was du gern hast,
anstatt Rache an der Person zu planen,
die deinen Unmut hervorgerufen hat.
Das ist viel besser für deine Gesundheit,
sowohl körperlich als auch geistig.

Was man vermeiden sollte,
wenn man großen Erfolg haben will:
Den anderen nachzuahmen,
ohne seinen eigenen Stil zu entwickeln.
Was man vermeiden sollte, wenn man bereits
großen Erfolg hat: Eitelkeit.

Wer seine eigenen Fähigkeiten überschätzt,
kommt auf die Idee, dass er etwas besser kann
als ein Fachmann.
Im schlimmsten Fall will er die Fachleute belehren.
Damit begeht er einen großen Fehler
und macht sich selbst zum Idioten.

Wer sagt, dass sein Weg der Beste auf der Welt ist,
hat in der Regel keine nennenswerte Erfahrung
außerhalb seines Dorfs gemacht.
Wer die Welt bereist und wirklich verschiedene Erfahrungen
gesammelt hat, wird nicht behaupten,
dass sein Weg der Beste ist, sondern nur denken,
er sei dies für ihn ganz persönlich.

Fühlst du dich geistig und nervlich am Ende,
weil eine andere Person dich ununterbrochen
missachtet und peinigt?
Dann biete dieser Person die Stirn und
sage ihr unmissverständlich: »Ich bin kein
minderwertiger Mensch, den du missachten darfst.
Dein eigenes Minderwertigkeitsgefühl bringt dich dazu,
mich zu missachten, und das ist nicht mein Problem.
Ich werde das nicht mehr dulden.«

Findest du den anderen wirklich niederträchtig?
Dann nimm dir vor, etwas aus eigener Kraft zu schaffen,
anstatt weiter von dieser Person abhängig zu sein.
Das ist der richtige Weg, auch wenn er anfangs
vielleicht nicht sehr erfolgsträchtig aussieht
und nicht so schnell zum Ziel führt.

Später, wenn du genug Erfahrung gesammelt hast,
wird es keiner mehr wagen, dich zu missachten,
und deine Fähigkeit und Kraft, die du auf diesem Weg
erlangt hast, werden wertgeschätzt werden.

Der zwischenmenschliche Konflikt ist
die Unterrichtsgebühr, die wir im Prozess
des Näherkommens zwangsläufig zahlen müssen.
Den Konflikt harmonisch zu bewältigen und sich
miteinander zu versöhnen, ist viel wichtiger
als sich zu wünschen, kein Konflikt möge entstehen.

Mache den ersten Schritt in Richtung eines Gesprächs
mit demjenigen, mit dem du gestritten hast,
wenn eine gewisse Zeit vergangen ist
und du nicht mehr aufgewühlt bist.
»Wie geht's dir? Damals habe ich wohl
zu heftig reagiert, und jetzt bereue ich das.«
Reif ist derjenige, der sich um
die Wiederherstellung der Beziehung bemüht,
anstatt dem Konflikt aus dem Weg zu gehen
oder die Beziehung zu beenden.

Setzt man Macht zu hundert Prozent ein,
weil man sie hat, wird sie als Quelle
eines Desasters zurückkehren.
Ein Weiser setzt selbst bei einem schlimmen Streit
nur zwei Drittel seiner Kraft ein und bietet
dem Gegner die Möglichkeit, sein Gesicht zu wahren.

Geduld ist eine Tugend, sagt man.
Stellt ein Mensch deine Geduld auf die Probe,
dann sage dir: »Oh, er ist da, um mich
tugendhaft zu machen!«

Wir können nicht auch für das Unglück
des anderen verantwortlich sein.
Wir sollten ihm mit Wärme begegnen, dabei jedoch
nicht unsere psychischen Grenzen überschreiten.
Wenn wir selbst unglücklich werden,
während wir ihm helfen, verwandelt sich unser
anfänglicher guter Wille in Verbitterung und Groll.

Wie gut deine Beziehung zu deinem Freund
auch sein mag, sie verschlechtert sich, wenn du ihn
zum dritten Mal fragst, ob er dir Geld borgen könne.
Wie schlecht deine Beziehung zu deinem Freund
auch sein mag, sie verbessert sich, wenn du ihm
zum dritten Mal hintereinander hilfst.
Auf der Welt gibt es keine Beziehung,
die von Anfang an gut oder schlecht ist.

Borgst du jemandem Geld,
wirst du danach vom Wohltäter zum Bittsteller.

Nimm bloß keinen ungerechten Handel
aus Loyalität weiter in Kauf.
Wäre dein Partner loyal und du sprächest
ein Problem an, würde er die Ware austauschen
oder dir eine nachvollziehbare Erklärung geben.
Andernfalls verlierst du sowohl deine Loyalität
als auch dein Geld.

Gründe, warum die Dinge nicht so gut laufen:
Weil man sein eigenes Geld hortet und
den anderen weiter um Gefallen bittet.
Freunde, bei denen man auf Distanz gehen möchte:
Sie sagen viel Richtiges,
aber in Wirklichkeit sind sie Geizhälse.

Wenn du mit der Bereitschaft auf jemanden zugehst,
auch seine früheren Verletzungen mit Liebe zu umarmen,
wird diese Beziehung mit hoher Wahrscheinlichkeit scheitern.
Liebe ihn einfach, anstatt ihn retten zu wollen.
Ein Mensch, der sich dir nähert und sagt,
er wolle dich heilen; wäre er nicht belastend für dich?

Anstatt ein Gefühl der Liebe herbeizaubern zu wollen,
versuche lediglich, das Hindernis loszulassen,
das zwischen dir und dem anderen Menschen steht.
Die Natur der Liebe offenbart sich dann von selbst.

Die Frühlingstage vergehen

WENN ES MÄRZ IST, spürt man selbst in der Luft die angenehme Aufregung, die die Ankunft des Frühlings hervorruft. Am Ende der 1990er stieg ich zum ersten Mal in meinem Leben in den Zug, der zur Princeton University an der Ostküste der USA fuhr. Ich war dorthin unterwegs, um mir die Universität anzuschauen, nachdem ich zur Promotion zugelassen worden war. Ich war angenehm aufgeregt und erfüllt von Anspannung, weil ich an die Menschen dachte, die ich neu kennenlernen würde. Das Frühlingswetter war herrlich, der Zug kam endlich im Bahnhof Princeton an, und ich stieg aus. Danach suchte ich auf dem Bahnsteig nach Dennis, der seit einem Jahr auch ein Doktorand an der Princeton University war und mich vom Bahnhof abholen wollte. Er erkannte mich schnell und kam zu mir. Er war ungefähr gleich groß wie ich und machte auf mich einen sehr freundlichen Eindruck. Ich hatte das Gefühl, einen guten

Freund vor mir zu haben, den ich seit meiner Kindheit kannte. Für die Erkundung der Universität plante ich drei Tage ein und durfte bei Dennis im Studentenwohnheim übernachten. Während seines Studiums hatte er mehrere Jahre in Japan gelebt und verstand vielleicht aufgrund dieser Erfahrung viel von der asiatischen Mentalität, was für einen Westler eine Seltenheit darstellte. Er zeigte auch großes Interesse an Korea. Wir unterhielten uns ebenfalls sehr viel über das Promotionsprogramm, und dank der detaillierten Antworten von Dennis und der guten Atmosphäre der Universität ließ ich die anderen Universitäten links liegen, von denen ich bereits eine Zusage erhalten und denen ich schon einen Besuch abgestattet hatte, und entschied mich für Princeton.

Vor dem Beginn des Semesters erzählte mir Dennis, dass er ab dem nächsten Semester nicht mehr im Studentenwohnheim wohnen, sondern in eine Dreizimmerwohnung für Doktoranden umziehen wolle, und fragte mich, ob ich Interesse hätte, mit ihm die Wohnung zu teilen. Ich sagte ihm mit Vergnügen zu, weil ich dachte, dass ich mein Leben als Doktorand, in dem mir alles sehr fremd und neu war, nicht alleine, sondern mit ihm beginnen konnte und wir uns auch einander helfen könnten. Einige Wochen vor Semesterbeginn zogen wir in die neue Wohnung ein und kauften Schreibtische, Bücherregale, Haushaltsartikel und noch weitere Kleinigkeiten. Das WG-Leben mit Dennis lief sehr gut. Wir kochten gelegentlich zusammen, gingen gemeinsam auf Musikveranstaltungen, die auf dem Campus stattfanden, und fuhren auch am Wochenende zum buddhistischen Tempel meines Lehrers in der Nähe von New York und wohnten der Gebetsstunde bei. Dennis und ich lernten uns immer besser kennen, bevor das Semester anfing. Ich hatte das Gefühl, einen guten Freund gefunden zu haben, auch wenn wir uns nur kurz eine Wohnung geteilt hatten. Ich war unheimlich froh darüber.

MIT DEM BEGINN des Semesters hatten sowohl Dennis als auch ich viel um die Ohren. Ich musste neben der Promotion noch weiter Chinesisch und Japanisch lernen, womit ich vor langer Zeit angefangen hatte, und Dennis hatte mit Koreanisch begonnen, das er schon immer lernen wollte. Das führte ganz selbstverständlich dazu, dass ich durch Dennis mehr über Japan erfuhr, sowie er durch mich mehr über Korea. Auch das empfindliche Thema des Verhältnisses zwischen Korea und Japan kam zur Sprache, und wir diskutierten hitzig bis tief in die Nacht. Dennis vertrat Japan, sein Promotionsfach, und ich sprach aus der Sicht Koreas. Beginnend mit einem solchen Diskussionsthema ereignete es sich nicht selten, dass wir uns wegen einer Kleinigkeit gegenseitig emotional verletzten. Denn je mehr Zeit verging, desto deutlicher erkannte ich die

Unterschiede unseres Denkens, die zum Teil sehr beträchtlich waren.

In den Fällen, dass man emotional verletzt wurde, beruhigt man sich in der Regel wieder, merkt ohne Weiteres, dass das keine nennenswerte Sache war, und die Normalität hält wieder Einzug, nachdem jeder für sich ein paar Tage Ruhe hatte. Aber Dennis und ich wohnten in einer Wohnung, dadurch war es sehr schwierig für uns, dem anderen diese Ruhe zu gewähren. Außerdem fuhr Dennis mich mit seinem Wagen zur Uni, was die Lage verschlimmerte, und alles zusammen begünstigte leider, dass das Unbehagen zwischen uns relativ lange andauerte.

WOHL JEDER, der einmal mit jemandem zusammengelebt hat, der kein Familienmitglied ist, weiß, dass sich die Beziehung zwischen Mitbewohnern, Personen, die also sozusagen nicht von Geburt an einen Raum teilen, wirklich durch eine Kleinigkeit verschlechtern und schließlich in die Brüche gehen kann. Ereignisse, die unter Freunden absolut kein Problem darstellen, werden schleichend zum Stressfaktor für die Menschen, die zusammenwohnen. Denn jeder geht Dinge auf seine Weise an, zum Beispiel den Abwasch in der Küche oder das Aufräumen der Wohnung; dann ist da auch die Musik, die der andere zwar in seinem Zimmer hört, die aber sehr laut ist, oder das Programm im Fernsehen, das nicht dem Geschmack des anderen entspricht. Ob die

Mitbewohner zur ähnlichen Zeit ins Bett gehen, ob einer laut schnarcht oder oft Besuch hat ... Alles kann problematisch werden, und es ist nicht leicht vorhersehbar, an welchem Punkt die Mitbewohner aufeinanderprallen, selbst wenn sie allerbeste Freunde sein sollten. Man weiß es einfach nicht, bevor man zusammengelebt hat. Wenn man wie die Mönche in einem großen Tempel mit vielen Gästen zusammenwohnt oder wenn man keine enge Beziehung zueinander hat und auch wenn nur zwei zusammen in einer Wohnung leben, könnte man miteinander vielleicht durchgehend mit einem gewissen Desinteresse umgehen, aber das geht nicht, wenn sich zwei Menschen gut kennen.

Der eigenartige Konflikt zwischen Dennis und mir entstand auch in einem Punkt, mit dem ich überhaupt nicht gerechnet hatte. Damals kochte ich Reis immer für ausreichend viele Tage, etwa für zwei oder drei, damit auch Dennis davon essen konnte, und ich verwendete die Warmhaltefunktion des Reiskochers. Aber er verzehrte nie den Reis vom Vortag. Das war sehr seltsam für mich. Ich fragte ihn nach dem Grund und bekam die Antwort, dass er sich gegen alten Reis sträube, wie gut die Warmhaltefunktion des Reiskochers auch sein möge. Weil es sich so verhielt, trat irgendwann die ziemlich komische Situation ein, dass wir zwei Reiskocher in der Küche hatten und jeder für sich Reis kochte. Schließlich wurde es immer seltener, dass wir gemeinsam aßen, ein weiterer Faktor für unsere immer weniger werdenden Gespräche, obwohl wir weiter in einer Wohnung zusammenlebten.

So vergingen zwei Semester. Das Herbstsemester ging zu Ende, und kurz vor Beginn des Frühlingssemesters passierte etwas, bei dem Dennis und ich uns letztlich gegenseitig laut anschrien. Es ging um die Gebrauchsanweisung für eine Kamera. Dennis kaufte eine neue Kamera, und die Gebrauchsanweisung hielt ich irrtümlicherweise für Müll und entsorgte sie. Denn auch damals schon räumte ich gerne auf und warf alles weg, was ich nicht brauchte. Das mag vielleicht darauf zurückzuführen sein, dass ich buddhistischer Mönch bin. Im Vergleich zu mir aber hob Dennis alles, wirklich alles auf und machte auch Notizen von allem; er räumte äußerst selten etwas weg. Ich entschuldigte mich mehrmals bei ihm dafür, die Gebrauchsanweisung für seine Kamera entsorgt zu haben, dennoch erlebten wir daraufhin eine lange Zeit, die von Schweigen erfüllt war. Und als diese Zeit vorbei war und wir wieder miteinander redeten, waren wir füreinander längst Fremde geworden.

DER INDISCHE PHILOSOPH Jiddu Krishnamurti hat gesagt, dass eine Beziehung wie ein Spiegel ist, in dem wir uns selbst erblicken und entdecken können, wer wir sind. Das bedeutet, dass wir beobachten können, wie wir auf den Konflikt mit anderen reagieren, und durch diese Beobachtung erkennen können, was für ein Mensch wir sind. Stark zu werden, bedeutet nicht – so ein weiterer indischer Philosoph, Osho Rajneesh –, dass wir einen Geist hart wie ein Felsen haben und uns somit nichts verletzen kann. Im Gegenteil, stark zu sein, bedeutet, dass wir Mut haben, der Verletzung durch andere geradewegs ins Gesicht zu sehen. Der Verletzung soll man nicht aus dem Weg gehen, sondern sie noch sensibler wahrnehmen, die Wahrheit so akzeptieren, wie sie ist, und weise darauf reagieren. Erst dann wird unser Geist stark.

Durch den Spiegel namens Dennis wurde ich mit einer Seite in mir konfrontiert, die egoistisch und sehr kleinlich war, und diese war mir vorher nicht bekannt gewesen. Ich bereute zutiefst und fand es auch unbeschreiblich schade, was ich gesagt und wie ich gehandelt hatte, als ich mit Dennis in Konflikt geraten war. Jener Reifungsprozess war für mich von viel Leid, Schmerz und Reue begleitet. So verbrachte ich das erste Jahr als Doktorand in Princeton.

Vergeht der Frühling, kommt der Sommer, dann der Herbst, danach auch der Winter. Wir genießen die angenehm warmen Frühlingstage der Beziehung in vollen Zügen, denken weder an die extreme Hitze im Sommer noch die erbarmungslose Kälte im Winter und werden auf einmal völlig unvorbereitet in den unsäglichen Abschied oder in unvorstellbare Schmerzen geschleudert. Nachdem Dennis und ich ein Jahr zusammen verbracht hatten, beantragten wir, ohne es uns noch einmal zu überlegen, keine

Verlängerung des Mietvertrags, sondern suchten jeder für sich ein Zimmer in einem Studentenwohnheim. Die Frühlingstage in meinem ersten Jahr in Princeton, in denen mir bedauerlicherweise eine schöne Freundschaft verloren ging, gingen daher sinnlos vorüber.

Die Beziehung mit jemandem ist ein Spiegel.
Dieser Spiegel ermöglicht uns die Selbstbetrachtung.
Wenn ein Konflikt mit anderen entsteht
und wir genau beobachten, wie unser Geist
darauf reagiert, manifestiert sich vor uns,
was für ein Mensch wir sind.

Kapitel 5

Gedanken über die Einsamkeit

Warum wir einsam sind

WIR EMPFINDEN oft genug Einsamkeit, obwohl wir von Menschen umgeben sind. Zuhause gibt es die Eltern oder den Ehepartner und die Kinder, oder wenn man nicht mit der Familie, sondern alleine lebt, hat man Arbeitskollegen, die man jeden Tag sieht, und auch Freunde und Bekannte, mit denen man über Kurznachrichten jeden Tag mehrere Dutzend Gespräche führt. Wir sind stets unter Menschen, dennoch sind wir häufig einsam. Bei den Menschen, die Geld, Macht oder Ruhm erlangen, sieht es auch nicht anders aus, wenn nicht sogar schlimmer, weil sie viel zu verlieren haben und sich deswegen nicht selten distanziert gegenüber Menschen geben, die sich ihnen nähern. Folglich sind auch diese Menschen einsam. *Ich vermisse dich, auch wenn du bei mir bist,* lautet ein Gedicht von Shiva Ryu, und genauso fühlen wir uns mit oder ohne Menschen einsam. Aber warum?

CARL ROGERS, der Gründer der Personenzentrierten Gesprächstherapie, begründet diese Einsamkeit damit, dass man sich nicht öffnen kann, aus Angst, von den anderen möglicherweise nicht aufgenommen zu werden, wenn man sich ihnen so zeigt, wie man wirklich ist. Wir möchten uns öffnen, wagen das aber nicht, weil wir nicht immer mit warmer Unterstützung durch andere rechnen können; weil es durchaus möglich ist, dass die Menschen unsere Schwächen und Unzulänglichkeiten verurteilen, uns verletzen und das sogar anderen weitererzählen.

Das bedeutet, dass wir eine Maske tragen, wenn wir mit jemandem zusammen sind, weil wir ihm nicht vertrauen können. Wir verstecken uns hinter Fassaden und Rollen und pflegen den Umgang mit Menschen in einem oberflächlichen, aber sicheren Rahmen, der in jeglicher Hinsicht gesellschaftskonform ist. Es liegt dann auf der Hand, dass bei einem solchen Umgang weder ein tiefes Gemeinschaftsgefühl noch eine innige Verbundenheit zu erwarten sind und in unserem Geist nur noch die Leere bestehen bleibt, wer uns auch begegnen mag.

Hierbei stellt sich eine Frage: Es ist zwar nachvollziehbar, dass wir zu einem Bekannten kein blindes Vertrauen haben und unser Herz nicht öffnen können. Aber was ist mit der Familie? Warum können wir nicht einmal unserer Familie offen gegenübertreten? Wie soll man die Isolation und Einsamkeit begründen, die wir empfinden, selbst wenn wir mit der Familie zusammen sind?

Wieso gibt es in der Beziehung zwischen Eltern und Kindern, zwischen den Ehepartnern und zwischen den Geschwistern psychologische Mauern?

Laut Carl Rogers müssen Eltern zu Hause eine sichere und geborgene Atmosphäre schaffen und ihren Kindern uneingeschränkte Unterstützung und positive Aufmerksamkeit schenken, andernfalls errichten ihre Kinder psychologische Mauern gegen Menschen. Wenn diese Eltern selbst nie Respekt von ihren Eltern erhalten haben, urteilen sie häufig nach ihren Maßstäben über die Meinungen und Entscheidungen ihrer Kinder und versuchen sie zu bevormunden oder zu kontrollieren. Sie sprechen nur dann ihre Anerkennung und Wertschätzung aus und loben ihr Kind, wenn es genauso handelt, wie sie es gewollt haben. Danach ist es nur eine Frage der Zeit, bis dieses Kind kein Vertrauen mehr in seine eigenen Gefühle und Entscheidungen hat und nur auf die Wünsche und Anweisungen der Eltern achtet. Vor den Eltern unterdrückt und negiert das Kind, das in einer solchen Atmosphäre aufgewachsen ist, dann seine Gefühle, statt sie frei zum Ausdruck zu bringen. Das wird zur Routine, und irgendwann versteckt das Kind überall seine Emotionen, trägt permanent eine Maske und handelt, als ob es mit allem zufrieden wäre.

Dieses Phänomen in der Beziehung zwischen Eltern und Kind findet sich auch in ähnlicher Form bei Eheleuten und zwischen Geschwistern wieder. Sie gehen zum einen schlichtweg davon aus, dass sie dem anderen gegenüber nicht höflich zu sein brauchen, weil sie einander sehr nahestehen, und zum anderen sind sie meistens nicht willens und halten es für völlig unnötig, dem anderen aufmerksam zuzuhören, weil sie meinen, sie kennen den anderen sehr gut. Mit diesem Denken geht es einher, dass sie nur von sich reden wollen, statt dem anderen Gehör zu schenken. Ferner hegen wir die Erwartung, dass zumindest der Ehepartner, der Bruder oder die Schwester sich in jeder Situation auf unsere Seite stellt und wahrnimmt, wie es uns geht, und uns mit Wärme akzeptiert, wenn wir ihm oder ihr ohne Maske gegenübertreten. Aber auch das ist nicht immer der Fall, und diese Erwartung führt nicht selten zu einer herben Enttäuschung. Außerdem verbringen wir heute mehr Zeit mit den Arbeitskollegen in der Firma und auch nach Feierabend als mit der Familie zu Hause. Folglich wird eine innige Kommunikation in der Familie immer schwieriger und die Familienmitglieder einander immer fremder. Darauf ist es wohl zurückzuführen, dass heutzutage viele Menschen einen Freund haben, zu dem sie ein engeres und innigeres Verhältnis haben als zu ihrer Familie, und auch nur diesem erzählen, was sie wirklich beschäftigt.

Was würde aber geschehen, wenn unsere Eltern, Geschwister oder unser enger Freund auf uns mit Akzeptanz und Anteilnahme eingehen würden, statt über uns nach ihren eigenen Maßstäben zu urteilen? Hätten wir so jemanden, dann würden wir erstens erkennen, dass es überhaupt nicht nötig war, unsere Emotionen und Gedanken hinter einer Maske zu verstecken, und zweitens würden wir die Erfahrung machen, dass wir uns so zeigen können, wie wir wirklich sind. Dabei gewinnen wir drittens die Einsicht: »Aha, ich werde geschätzt, wie ich wirklich bin. Ich bin kostbar. Ich bin nicht problematisch.« Mit dieser Einsicht steigen einerseits gleichzeitig unsere Selbstachtung und unser Selbstvertrauen enorm. Andererseits respektieren wir die anderen ebenso auf natürliche Weise und nehmen verständnisvoll Rücksicht auf sie. Denn Respekt muss auch gelernt werden, was bedeutet, dass nur derjenige, der selbst von anderen respektiert wurde, andere respektieren kann.

Wer als Kind in einer sicheren und geborgenen Atmosphäre von den Eltern respektiert wurde, kann später, wenn er erwachsen ist, alle Möglichkeiten, die ihm gegeben sind, in vollem Umfang entwickeln und seine Blume des Lebens komplett aufblühen lassen. Als Erwachsener ist dieser Mensch dann zuversichtlich bei seinen Entscheidungen und lässt sich nicht von den Meinungen anderer hin- und herreißen. Auch wenn er auf seinem Weg scheitert, trägt er die Konsequenzen für sein Scheitern und erholt sich nach einer bestimmten Zeit wieder davon.

Selbstverständlich durchlebt nicht jeder eine Kindheit, in der man von den Eltern oder Geschwistern so akzeptiert und respektiert wird, wie man ist. Das ist jedoch kein Grund zur Verzweiflung. Für diesen Menschen ist es jetzt noch nicht zu spät. Denn er kann heute jemanden treffen, der ihn respektiert; einen guten Menschen, der mehr Lebenserfahrung hat als er, oder einen Freund, der sich auf seine Seite stellt. Wer solche Menschen nicht in der Nähe hat, täte gut daran, wenn er einen Spezialisten aufsuchen würde, beispielsweise einen erfahrenen Psychotherapeuten. Nach der Begegnung mit jemandem, der ein warmes Herz hat, uns so akzeptiert, wie wir wirklich sind, und Verständnis für uns hat, fühlt sich unser Geist wesentlich leichter und wohler als vorher, unsere psychische Belastung reduziert sich wie von selbst, und wir werden uns auch selbst mehr akzeptieren.

Menschen sind einsame Wesen. Das gilt umso treffender für denjenigen, der niemanden hat, bei dem er sein Herz ausschütten kann. Unternimmt ein Freund von dir in diesen eisigen Wintertagen vielleicht den Versuch, sich zu öffnen und mit dir zu reden, fälle bitte nicht leichtfertig ein Urteil über diesen Freund, sondern schenke ihm mit herzlicher Wärme Gehör. Wenn du die geschlossene Tür deines Herzens ein bisschen öffnest und deinem Freund erzählst, wie es dir wirklich geht, wird auch er seine Tür Stück für Stück öffnen, und deine Beziehung zu ihm kann sich nur noch zu einer engeren und tieferen entwickeln.

Wir Menschen spielen im Leben verschiedene Rollen.
Den Vorgesetzten, den jüngeren Kommilitonen,
die Ehefrau, die Cousine, den Elternteil eines Schülers
und noch mehr. Aber uns sind stets nur
eine oder zwei Rollen eines Menschen bekannt.
Deswegen kennen wir ihn in Wirklichkeit
nicht gut genug, wie nah er uns auch stehen mag.

Zwischenmenschliche Beziehungen sind schwierig,
weil jeder lieber selbst verstanden werden möchte,
als den anderen zu verstehen.
Der eine sagt dem anderen, dass er ihm mal
zuhören solle, aber keiner hört dem anderen zu,
und jeder will nur von sich reden.
Die Distanz zwischen den Menschen vergrößert
sich so schließlich immer weiter.

Ich bin einsam, sagte ich dir, alle Menschen sind
von Natur aus einsam, erwidertest du.
Ich habe das nicht gesagt, um das zu hören –
nun bin ich noch einsamer als zuvor.

Wir spüren Verbundenheit mit dem anderen,
wenn wir von uns sprechen und
der andere uns sein Mitgefühl zeigt.
Trotz vieler Worte fühlen wir uns innerlich leer,
und die Einsamkeit überfällt uns,
wenn niemand Mitgefühl für das Gesagte zeigt.

Habe ich auf der Welt zumindest
einen einzigen Menschen, der mich so,
wie ich wirklich bin, vollständig akzeptiert,
dann bin ich nicht unglücklich.
Habe ich einen solchen Menschen noch nicht
und leide deswegen, dann suche ich
einen Psychotherapeuten auf,
mit dem ich gut zurechtkomme.
Ein Freund kann mich unterbrechen,
während ich rede, aber ein Therapeut hört mir
mit Anteilnahme und Akzeptanz zu,
bis ich ausgesprochen habe.

Es ist nicht seltsam, wenn man krank ist und
deshalb zum Arzt geht, aber wenn der Geist krank ist,
versucht man, alleine zurechtzukommen,
und verschlimmert seine Krankheit nur.

Wer an vielem zweifelt, wird einsam, weil er
wegen seiner Zweifel nicht mit anderen zusammen sein kann.
Wer sich für sehr besonders hält, fühlt sich einsam,
weil auch er Probleme hat, unter Menschen zu gehen.

Wir sind einsam, nicht weil um uns herum niemand ist,
sondern weil wir den Menschen gegenüber
unser Herz verschlossen halten.
Wenn wir Mut fassen, die Tür unseres Herzens
zu öffnen und die Menschen anzusprechen,
die uns schon umgeben, finden wir ohne Schwierigkeiten
eine Gemeinsamkeit mit ihnen.

Je unruhiger wir uns fühlen, desto wahrscheinlicher
wird es, dass wir eigenartig reagieren,
was für andere oft schwer nachvollziehbar ist.
Vor allem in einer Beziehung werden wir
urplötzlich grimmig, verschließen uns oder
machen Schluss, wenn jemand mit seinen
Worten oder Handlungen die Unruhe aufwühlt,
die tief in uns steckt.

Unser Geist fertigt zuversichtlich einen Rahmen
mit verschiedenen Bedingungen an,
damit wir glücklich bleiben können.
Würden die Situation und die Menschen
in unserer Nähe haargenau in diesen Rahmen passen,
wären wir glücklich, so unsere Überzeugung.
Wir können aber nicht glücklich sein,
solange dieser Rahmen existiert.
Nichts anderes als die Bedingungen, die wir
gestellt haben, und der Rahmen, den wir
angefertigt haben, machen uns unglücklich.

Einsam zu sein und allein zu sein, sind nicht identisch.
Einsam zu sein, beschreibt den Zustand, in dem man
allein ist und deswegen jemanden braucht.
Allein zu sein, beschreibt den Zustand,
in dem man allein ist und dennoch zufrieden.
In beiden Fällen ist man gleichermaßen allein,
aber je nach dem Zustand des Geistes lässt die Einsamkeit
uns unglücklich fühlen und das Alleinsein friedlich.

Genießt man das Alleinsein, dann ist man allein.
Will man sich von dem Zustand des Alleinseins befreien,
dann verwandelt sich dieser gleiche Zustand
auf der Stelle in Einsamkeit.

Das Alleinsein bringt wahrlich viel Positives mit sich.
In der Stille können wir unser Inneres vollständig
betrachten und dabei die Stimme unseres Inneren
wahrnehmen, die uns bisher unbekannt war.
Gänzlich frei davon, was andere sagen würden,
können wir das tun und lassen, was wir
tatsächlich wollen, oder uns richtig ausruhen.

Oft denken wir, dass wir einsam sind,
obwohl wir uns in Wirklichkeit nur langweilen.
Langeweile zu haben, kann man durchaus
als eine freie Stunde auffassen,
die uns unendliche Möglichkeiten offenhält.
Nenne es nicht Einsamkeit,
nur weil du nichts zu tun hast.

Unser Leid rührt nicht von der gegebenen
Realität, sondern daher, wie unser Geist
diese Realität interpretiert.
Je nach Interpretation kann dieselbe Situation entweder
normal sein oder sich als eine entsetzliche Verletzung
in unserem Geist festsetzen.
Versuche die Realität möglichst positiv zu interpretieren.

Was schon geschehen ist, kann man nicht ändern.
Aber wie wir das Geschehene auffassen und
in welche Richtung wir nun schreiten wollen,
diese Entscheidung liegt allein in unserer Hand.
Selbst ein negatives Ereignis können wir für
den Wendepunkt halten, der uns zum Wachstum führt,
und genau das wird dann auch wirklich wahr.

Sprich mir bitte in Gedanken nach:
»Zum Glück ist nur das passiert.
Es hätte schlimmer kommen können,
und dafür bin ich dankbar.
Für mein Wohlergehen werde ich anderen gegenüber
keinen Groll hegen. Den Rest meines Lebens
werde ich sinnvoll und gut leben.«

Es gibt viele Wege, auf denen der Gott uns
einsam machen und zu uns selber führen kann.

AUS *DEMIAN* VON HERMANN HESSE

Zeitalter einer neuen Einsamkeit

IRGENDWANN HABE ICH entdeckt, dass auch ich die Kommunikation per Kurznachrichten einem Telefongespräch wesentlich vorziehe. Ich dachte über den Grund nach und stellte fest, dass es wohl einfach an der Bequemlichkeit liegt. Um zu telefonieren, muss man zuerst mit dem aufhören, womit man sich gerade beschäftigt, wenn das Telefon klingelt. Ist man mitten in einem Gespräch, muss man seinen Gesprächspartner um Entschuldigung bitten und das Gespräch unterbrechen, oder man muss zwangsläufig das Besteck hinlegen, wenn man beim Essen ist. Befindet man sich an einem ruhigen Ort wie in einem Museum, einer Bibliothek oder ist man in einer Besprechung, ist es erforderlich, kurz den Ort zu verlassen, weil das Klingeln des Handys oder das Reden am Apparat andere stören könnte.

Hingegen kann man eine Textnachricht lesen und darauf antworten, wenn man Zeit dafür hat und ohne die Anwesenden das merken zu lassen. Dementsprechend ist es unnötig, sich auf der Stelle der Situation und dem Zeitplan des Anrufers anzupassen. Außerdem spart man sich bei einer Textnachricht die unnötige Verwendung von Emotionen, weil eine Textnachricht uns ermöglicht, dem anderen ganz kurz nur das Wichtigste mitzuteilen. Somit kann man die formelhafte Begrüßung bequem auslassen, die bei einem Telefonat gewöhnlich zuerst ausgetauscht wird. Wenn man mehreren Personen denselben Inhalt übermitteln will, braucht man darüber hinaus nicht jede einzeln anzurufen, sondern kann das schlicht in einem Gruppenchat erledigen. Eine solche Textnachrichten-Kommunikation wird seit der Entwicklung von Apps für Smartphones zunehmend natürlicher und aktiver verwendet. Whatsapp, Facebook, Twitter, Instagram und noch mehr, Nachrichten werden per App ausgetauscht und mittlerweile haben sich Textnachrichten im Alltag bei den meisten Menschen als eine natürliche Methode der Kommunikation etabliert.

Hat die Kommunikation, die vorwiegend über Textnachrichten vonstattengeht und einen festen Platz in unserem Alltag eingenommen hat, nur Positives an sich, weil sie bequem ist und weniger Emotionen verlangt? Wie ist es dann zu erklären, dass wir uns viel einsamer fühlen als früher und leicht depressiv werden, obwohl wir ohne Unterlass auf das Smartphone schauen und ununterbrochen in Kontakt mit anderen bleiben? Sobald man Zeit hat, auch wenn es nur eine Minute ist, nimmt jeder, wirklich jeder sein Smartphone in die Hand und geht ins Internet, das die Verbindung mit anderen Menschen ermöglicht. Trotz dieser Verbindung, das heißt, obwohl man kaum allein ist, scheinen immer mehr Menschen emotionale Isolation und Einsamkeit zu beklagen. Womit hängt das Auftreten dieser paradoxen Situation zusammen?

Sherry Turkle, eine amerikanische Soziologin am MIT (Massachusetts Institute of Technology), erklärt dieses Phänomen von heute mit dem Begriff *Alone Together* (zusammen allein). Wir sind quasi zusammen in einem Raum, aber nur scheinbar, denn durch das Smartphone befindet sich unser Geist nicht in diesem Raum, sondern an einem anderen Ort. Bei Kindern ist es oft und leicht zu beobachten, dass sie zusammen in einem Raum sind, aber nicht zusammen spielen, sondern jedes Kind mit seinem Smartphone ein anderes Spiel spielt, Textnachrichten schreibt oder in sozialen Netzwerken unterwegs ist. Bei den Erwachsenen verhält es sich auch nicht wesentlich anders. Bei einem Treffen mit Freunden oder einer Besprechung in der Firma, sogar bei einem gemeinsamen Essen holt jedermann sein Smartphone heraus, sobald es langweilig wird oder man glaubt, dass man jetzt ein bisschen Zeit gewonnen habe, kontrolliert Textnachrichten oder E-Mails oder verbindet sich per App mit einer anderen Welt.

Sherry Turkle unterstreicht unmissverständlich, dass eine solche Verbindung ins Internet nicht als eine »Kommunikation« im wahren Sinne des Wortes zu verstehen ist. Der Verbindung durch Textnachrichten könne man sich jederzeit und leicht entziehen, wenn man sich unangenehm berührt fühle, was aber in einem realen Gespräch fast unmöglich sei. In einem Gespräch von Angesicht zu Angesicht erlebt man die Reaktion seines Gegenübers auf der Stelle. Wenn wir dabei beispielsweise unseren Gesprächspartner verletzen, auch wenn es aus Versehen geschieht, merken wir auch an seinem Gesichtsausdruck und seiner Stimme klar und deutlich, wie sehr er leidet. Aber bei einer Textnachricht können wir das nicht wahrnehmen. Damit einhergehend erkennen wir nicht, dass wir einen Fehler begangen haben, obwohl wir den anderen extrem gequält haben. Außerdem können wir ihn ohne Weiteres blockieren, wenn er uns ein bisschen unsympathisch oder die Atmosphäre unangenehm wird. Das Gespräch kann durchaus einseitig geführt werden, ein tiefes emotionales Mitgefühl ist nicht zu erwarten, und von einem ernsthaften Kommunizieren kann nicht die Rede sein. In einem solchen Gespräch sollte man wahrscheinlich halbwegs froh sein, wenn man nicht kritisiert und verletzt wird.

Überdies verbringen wir jeden Tag nicht wenig Zeit mit dem Kontrollieren, ob uns jemand eine Nachricht gesendet hat, und dem Blick ins Leben von Fremden auf Facebook, Twitter, Instagram. Es wundert deswegen niemanden, dass uns die Zeit, in der wir nicht das Smartphone in der Hand halten, unangenehm ist und uns gar nicht behagt. Weil wir uns keine Zeit mehr für uns allein nehmen, sind wir vermehrt abhängig von anderen. Es ist daher vorhersehbar, dass unsere Einsamkeit stärker wird, wenn wir keine Textnachrichten von Bekannten bekommen oder Fotos und Neuigkeiten in sozialen Netzwerken ausbleiben. Wir schicken einem Freund eine Textnachricht, bekommen aber nicht gleich eine Antwort zurück, und schon fühlen wir uns von diesem Freund ignoriert, sogar verlassen, und die Stunden, in denen wir allein sind, werden uns zunehmend unerträglich.

ÜBER DIESES PHÄNOMEN führte ich ein Gespräch mit Mi-Sook Goh, einer Literaturkritikerin. Mi-Sook Goh meinte, dass wir gerne mit anderen in Verbindung bleiben, aber auf keinen Fall riskieren wollen, verletzt zu werden. Wenn zwei Menschen miteinander reden und sich dabei direkt ins Gesicht sehen, finden bekanntlich chemische Reaktionen statt, die die beiden Gesprächspartner ändern. Um dieses Mitgefühl und dieses Wachstum zu erleben, muss man die dazugehörigen und somit obligatorischen Unannehmlichkeiten und Mühen in Kauf nehmen, wozu wir jedoch nicht bereit sind. Genau aus diesem Grund verstecken wir uns schön hinter dem Smartphone, das uns relativ mehr Sicherheit bietet als ein Telefongespräch oder ein persönliches Treffen.

Es ist wahr, dass man für ein Treffen mit jemandem zuerst

eine Uhrzeit und einen Ort ausmachen muss. Man muss an diesen Ort gehen, dort für das Essen beziehungsweise Kaffee oder Tee Geld ausgeben und für einen bestimmten Zeitraum dem anderen zuhören. Diesen gesamten Prozess kann man als ziemlich mühsam bezeichnen. Es versteht sich eigentlich, dass neuerdings Liebespaare nicht selten per Textnachricht Schluss machen, und die Tendenz steigt. Das lässt sich in dem Gefühl begründen, dass man weniger verletzt wird und sich in Sicherheit befindet, weil man die Enttäuschung und die Wut des anderen nicht mit eigenen Augen sehen muss, wenn man die Trennung, sicher nicht gerade feinfühlig, per Textnachricht mitteilt.

Aber wir müssen uns darüber im Klaren sein, dass uns diese Kommunikationsmethode gleichzeitig der Möglichkeit beraubt, etwas Positives bei einem persönlichen Treffen zu erleben. Wir versäumen nämlich das Gefühl, dass wir zusammen sind. Bei einem persönlichen Treffen werden wir verstanden und respektiert, lernen einander näher und tiefer kennen, unsere Schmerzen werden geheilt, und die Beziehung wird wiederhergestellt. Auch ein Gesprächsthema, das nur zur Sprache kommt, wenn die Beziehung sehr intensiv geworden ist, oder ein Austausch wichtiger Informationen, die man jemand anderem nur äußerst selten gibt, sind nur möglich, wenn man persönlich zusammentrifft und von Angesicht zu Angesicht redet.

HEUTE HABEN WIR eine neue Form der Einsamkeit, und um sich von dieser zu befreien, haben die Menschen von heute letzten Endes keine andere Wahl mehr, außer aus der begrenzten Welt des Smartphones hinauszutreten und sich mit den Menschen persönlich zu treffen und miteinander zu reden, sodass wir die menschliche Wärme spüren können. Ferner sollten wir auch üben, in der Zeit, in der wir alleine sind, das Smartphone auszuschalten und dafür ein Buch in die Hand zu nehmen, einen Spaziergang zu machen oder zu meditieren und so diese Zeit in vollen Zügen zu genießen. Auch zu empfehlen wäre es, die Menschen, mit denen man hauptsächlich per Textnachricht in Kontakt bleibt, gelegentlich anzurufen und miteinander zu sprechen. Mit demjenigen, dem man immer wieder ein floskelhaftes baldiges Treffen versprochen hat, kann man einen tatsächlichen Termin ausmachen. Erst wenn wir sowohl allein als auch in der Gegenwart anderer zufrieden sind, sind wir in der Lage, keine Angst vor jeglichen Situationen zu haben und unser Leben friedlich zu genießen.

Als Kind hat man sein Tagebuch
in einer Schublade versteckt und noch
ein Schloss angebracht, weil man es
niemandem zeigen wollte.
Aber heute teilt man über die sozialen Netzwerke
seine Erlebnisse allen Menschen auf der Welt
bis ins kleinste Detail mit.
Das ist schon eine seltsame Ironie.

Was man seinem Gegenüber nicht
persönlich sagen kann, sollte man auch nicht
in soziale Netzwerke stellen.
Kritik, die man unbedarft in den Raum wirft,
kann jemanden zutiefst verletzen.

Wir leben in einer Zeit, in der wir jemandem
gerne näherkommen möchten,
aber diese Nähe irgendwie belastend für uns ist.
Empfinde nur ich das so?

Als ich ein schönes Foto von einer Auslandsreise
in ein soziales Netzwerk stellte, sagten die Leute
enthusiastisch, sie beneideten mich.
Für jenes Foto musste ich aber tatsächlich
sehr viele Fotos machen und löschen,
einen entsetzlichen Kampf gegen Unmengen
von Fliegen führen sowie Hunger und
körperliche Anstrengung ertragen.
All das ist auf dem Foto nicht sichtbar.

Mit dem Freund im Ausland bleiben wir
über soziale Netzwerke in Kontakt, aber mit dem Nachbarn
direkt nebenan führen wir sehr selten ein Gespräch.
Wir leben in einer Zeit, in der wir uns
mit den Leuten, die unsere politische Orientierung teilen,
online leicht unterhalten können, aber in der
ein wirklicher Freund, der mit unseren Emotionen
im Alltag mitfühlt und den wir auch
persönlich treffen können, schwer zu finden ist.

Sind wir einsam, weil wir niemanden haben,
der bei uns sein kann?
Und liegt das vielleicht daran,
dass wir von einem Menschen zu viel erwarten?
Er soll einen ähnlichen Charakter haben wie wir,
die gleichen Vorlieben bei den Freizeitaktivitäten,
einen ähnlichen Lebensstandard,
den gleichen politischen Standpunkt und so weiter.
Hat ein Mensch wenigstens eine Seite,
die ähnlich der unseren ist, dann können wir eben diese
mit ihm teilen, wenn wir mit ihm zusammen sind.
Wollen wir nur mit jemandem befreundet sein,
der in allen Punkten mit unserer Meinung
übereinstimmt, werden wir möglicherweise
unser Leben lang einsam sein.

Rückblickend auf mein Leben stelle ich fest,
dass ich etwa alle fünf bis sieben Jahre
einen neuen besten Freund hatte.
Kannst du deinen besten Freund nicht mehr oft sehen,
weil ihr nun in unterschiedlichen Städten wohnt,
die Arbeitsstelle gewechselt habt,
die Familiensituation sich geändert hat
oder ihr anderweitig zu sehr beschäftigt seid?
Fühlst du dich deswegen einsam?
Dann warte ein bisschen.
Das Universum schickt dir einen neuen guten Freund.

Ein Journalist, der zahlreiche erfolgreiche Menschen
getroffen hat, hat mal gesagt:
»Charakteristisch für erfolgreiche Menschen ist,
dass sie nie müde werden, andere Menschen zu treffen.«
Bei genauerer Betrachtung erkennt man,
dass man neue Ideen beim Gespräch mit anderen
bekommt und sich dabei auch oft
neue Chancen auftun. Eine neue Freundschaft
bietet viele solcher Möglichkeiten.

Wer wirklich sein Leben ändern will, sollte selbst
den Menschen aufsuchen, der ihm Weisheit
schenken und positive Energie spenden kann.
Man sollte sich bewegen, nur so lernt man
eine neue Welt kennen, und daraus
ergibt sich ein Wendepunkt im Leben.

Du bist andauernd enttäuscht,
weil du immer Erwartungen hegst.
Erwartest du vom anderen, dass er dein Gefühl
des Ungenügens und deine Einsamkeit aus der Welt
schafft, wirst du weiter nur Enttäuschungen erleben.
Den Grund für deine Gefühle
des Ungenügens und deine Einsamkeit
solltest du selbst erkennen und dich ändern.

Er ist kein schlechter Mensch,
er und du passen nur nicht zusammen.
Auch ein guter Mensch wird für jemanden
letztlich zu einem schlechten Menschen,
wenn die zwei nicht zueinanderpassen.

Eine Zusammenarbeit mit jemandem,
der völlig anders ist als man selbst, ist schwer.
Versuche nicht, dich mit ihm zu arrangieren
und einen Umgang wie mit einem Freund zu schaffen,
versuche lieber, durch die Arbeit Vertrauen aufzubauen.
Es wird mehr Zeit abverlangen,
aber wenn das Vertrauen erst einmal aufgebaut ist,
kann diese Beziehung durchaus passabel werden.

Wenn wir unter Menschen sind,
haben wir das Bedürfnis, alleine zu sein.
Sind wir tatsächlich allein, dann möchten wir
jemanden haben, mit dem wir reden können.
Vielleicht haben wir ein Problem, das weder damit
einhergeht, dass wir alleine sind, noch dass wir
von zu vielen Menschen umgeben sind, sondern eher
mit der wankelmütigen Angewohnheit unseres Geistes,
nicht allein sein zu wollen, wenn wir allein sind,
und dem in uns aufkommenden Gefühl des Unbehagens,
wenn wir mit anderen zusammen sind?

Denkst du vielleicht jedes Mal,
wenn du in der Sauna bist, dass ein Grad kälter
besser wäre, wenn du in einer heißen Kabine sitzt,
und dass ein, zwei Grad wärmer besser wären,
wenn du dich in einer kälteren Kabine befindest?

Der wahre Grund für Einsamkeit ist nicht,
dass man alleine ist. Sonst müsste man
ständig einsam sein, wenn man alleine ist.
Doch wir fühlen uns meistens frei und angenehm,
wenn wir allein sind. Der wahre Grund
für die Einsamkeit ist der Gedanke, dass wir
unbedingt jemanden haben müssen,
damit wir glücklich sein können.
Schenken wir diesem Gedanken Vertrauen,
fühlen wir uns, als würde uns jetzt etwas fehlen,
und dieses Gefühl des vermeintlichen Mangels
macht uns einsam.

Solange wir nicht erkennen, wer wir wirklich sind,
werden wir das Gefühl der Leere nicht los,
dass uns etwas fehlt, was für eine gute und schöne
Umgebung und Beziehung wir auch haben mögen.

Wenn wir ein Leben führen, ohne zu wissen,
wer wir sind, werden wir zum Irrtum verleitet,
dass wir vom Universum getrennt existieren,
daher können wir nur und stets
in der Einsamkeit und Isolation leben.

Was tun, wenn man sich von der Einsamkeit befreien will?

NEULICH HABE ICH in einem sehr interessanten Artikel gelesen, dass in Großbritannien ein neuer Ministerposten für Einsamkeit geschaffen wurde. Dieser Schritt ist irgendwie nachvollziehbar, denn knapp neun Millionen Engländer sollen an Einsamkeit leiden. Das psychologische Leid, das einem durch die Einsamkeit zugefügt wird, sei ähnlich groß wie der Schaden durch den Konsum von fünfzehn Zigaretten am Tag. Und jeden Tag berichten Zeitungen über den steigenden Anteil der Einpersonenhaushalte im Land. Im Zuge des höheren Durchschnittsalters der Bevölkerung wohnen vor allem nicht nur junge, sondern auch alte Menschen allein, die dann über lange Zeit keinen Kontakt mehr mit jemandem haben und schließlich auch allein und einsam sterben. Die Anzahl solcher Menschen steigt weltweit kontinuierlich, und das Problem mit der Einsamkeit beschränkt sich demnach nicht auf Großbritannien.

Am letzten Samstagnachmittag überfiel auch mich urplötzlich die Einsamkeit. An dem Tag hatte ich ausnahmsweise frei, das Wetter war sehr schön, ich hatte keine Verabredung, und niemand meldete sich bei mir. Da mein Terminkalender eigentlich immer bis zum Rand gefüllt ist, verbringe ich einen solchen freien Tag meist mit dem Lesen oder Sport und genieße die Zeit des Alleinseins, aber an jenem Tag war etwas anders. Selbstverständlich hätte ich mich bei einigen Mönchen melden und ihnen ein gemeinsames Essen vorschlagen können, dann wäre ich auf der Stelle und problemlos aus der Einsamkeit befreit worden. Das wollte ich aber nicht. Aus unerfindlichen Gründen wollte ich diesmal unbedingt die Identität der Einsamkeit erforschen und zugleich auch eine Methode finden, wie man sie überwindet.

ZUNÄCHST WAR ICH neugierig auf den wahren Grund der Einsamkeit. In der Regel sagt man, dass man einsam sei, weil niemand bei einem ist. Das bedeutet, man ist einsam, weil man alleine ist. Aber das als endgültigen Grund für die Einsamkeit zu bestimmen, ist fragwürdig, wie man schnell feststellen kann, wenn man ein bisschen darüber nachdenkt. Denn nicht wenige Menschen sagen, dass sie einsam sind, auch wenn sie mit jemandem zusammen sind. Wie dem Ausdruck »Einsam in der Masse« zu entnehmen ist, kann einen die Einsamkeit auch während des Zusammenseins mit anderen überfallen, deshalb kann man nicht mit Fug und Recht sagen, dass man zwangsläufig einsam ist, nur weil man allein ist.

Außerdem müsste man ja durchgehend vom Leid der Einsamkeit begleitet sein, wenn man allein ist. Das ist allerdings in Wirklichkeit nicht der Fall, und dementsprechend ist das Alleinsein kein entscheidender Grund für die Einsamkeit. Ich empfinde die Zeit, die ich alleine verbringe, viel öfter als ein Geschenk statt als Einsamkeit. Nicht selten höre ich auch von anderen, dass sie sich erleichtert, ungezwungen und frei fühlen, wenn sie alleine sind, weil sie dann unter anderem keine Rücksicht auf andere nehmen müssen. Letzten Endes kann man schwer sagen, dass die Einsamkeit schlichtweg mit dem Alleinsein einhergeht.

Woran kann es dann wirklich liegen, dass man einsam ist? Ich dachte weiter nach und gelangte zu folgender Erkenntnis über die Einsamkeit: Da ist der Gedanke, dass man einsam ist. Man denkt, dass man glücklicher wäre, wenn man die Zeit nicht alleine, sondern zusammen mit anderen verbringen würde, aber so jemanden habe man nicht, daher sei man jetzt unglücklich, und dieses Denken mündet schließlich in einem Gefühl der Einsamkeit. Das will heißen, dass man kein Problem mit dem Alleinsein hätte, wenn man nicht im Vorhinein denken würde, dass man unglücklich ist, weil man alleine ist. Aber dieser Gedanke entsteht, und diesem einmal entstandenen Gedanken entstammt das Gefühl, das einem im jetzigen Moment etwas mangelt, und so wird das Alleinsein zum Problem. Hier sollte man sich fragen: Wann kommt man auf diesen Gedanken? Meistens, wenn man nichts zu tun hat und sich langweilt. Wenn man denkt, dass man einsam ist, wird der Moment, in dem man allein ist, zu einer schwierigen Zeit, die um jeden Preis zu vermeiden ist. Das bedeutet, dass die Identität der Einsamkeit weniger mit den äußeren Umständen des Alleinseins als vielmehr mit dem inneren Gedanken korreliert, dass es ein großes Problem darstelle, alleine zu sein. Nicht die äußeren Umstände, sondern unsere Auffassung der äußeren Umstände peinigen uns letzten Endes.

IM VERGLEICH DAZU stellt der Fall, dass man einsam ist, auch wenn man mit jemandem zusammen ist, eine etwas andere Sachlage dar. Wenn wir mit vielen Menschen zusammen sind und uns dennoch einsam fühlen, geht es meistens darum, dass wir denken, in der Masse gebe es niemanden, der auf unserer Seite steht beziehungsweise uns versteht, oder dass wir das Gefühl haben, wir würden nicht zu den anderen gehören. Wenn also das Gefühl der Zusammengehörigkeit nicht vorhanden ist, entsteht in uns ein Gefühl der Einsamkeit während des Beisammenseins mit anderen. Wie ließe sich das Gefühl der Zusammengehörigkeit wiederherstellen und schließlich die Einsamkeit überwinden?

Grundsätzlich bietet sich in diesem Fall als Lösung an, dass jeder sein wahres Ich, das er hinter einer Maske versteckt hält, dem anderen offenbart und gleichzeitig den anderen so akzeptiert, wie er wirklich ist. Jedermann trägt verständlicherweise eine Maske, die zu der zu spielenden Rolle passt. Bei der Arbeit spielt man die Rolle eines Vorgesetzten, wenn man dann zu Hause ist, die Rolle der Mutter, des Vaters, der Ehefrau, des Ehemanns, der Schwiegertochter, des Schwiegersohns, der Tochter, des Sohns und so weiter. Wenn man die jeweilige Rolle gut meistern will, kann man nicht immer sein wahres Ich zeigen und versteckt sich notgedrungen, um sich der Situation und dem Gegenüber angemessen zu verhalten. Dabei ist allerdings eine innige und ernsthafte Beziehung nicht zu erwarten. Heißt das dann, dass man auf solche Beziehungen komplett verzichten sollte? Nein, es genügt, wenn man dem anderen gelegentlich seine Schwäche, seine ungezwungene kindliche Seite und auch seine ehrliche Seite zeigt, denn auch das stellt eine Notwendigkeit für eine innige Beziehung dar. Damit ermutigt man sein Gegenüber, auch gelegentlich sein wahres Ich zu offenbaren, das dieser ebenfalls hinter seiner Maske versteckt hat. Auf diese Weise kommt man einander wesentlich näher.

Hierbei ist es wichtig, dass man sich nicht für etwas Besonderes, weder im negativen noch im positiven Sinne, halten darf. Überheblichkeit oder im Gegenteil ein Minderwertigkeitsgefühl sorgen lediglich dafür, dass man sich noch fester an eine Maske klammert. Aber ein Menschenleben unterscheidet sich nicht großartig von einem anderen. Schließlich kocht jeder nur mit Wasser. Es mag sein, dass die äußeren Umstände ausnehmend unterschiedlich sind, aber das jeweilige Innere eines Menschen sieht nicht beträchtlich anders aus. Wir alle haben ähnliche psychologische Probleme, leiden unter ihnen und tragen Schmerzen im Herzen.

WENN MAN WIRKLICH niemanden hat und nur deswegen einsam ist, wäre es ratsam, in dieser Angelegenheit selbst die Initiative zu ergreifen und aktiv nach jemandem zu suchen, mit dem man zusammen sein kann. Zu empfehlen wäre es, in einer der kleinen Gruppen vorbeizuschauen, die unsere Gesellschaft zahlreich anbietet und in denen die eigenen Interessen geteilt werden und die hilfreich für das eigene Wachstum sind, zum Beispiel Lerngruppen, Sportvereine, religiöse Treffen oder Lesezirkel. Für ältere Menschen kann der Wohlfahrtsverein in Frage kommen, in dem man etwas Neues lernt, oder ein sogenanntes »Studieren ab 50«, wenn man in einer Stadt wohnt, in der eine solche Möglichkeit angeboten wird. Wenn man sich ein bisschen bemüht und das anfänglich Unbequeme hinter sich gelassen hat, kann man schnell Menschen finden, mit denen man sich zusammentun kann.

Zum Schluss wäre es zu empfehlen, jetzt die Kontaktliste auf dem Handy zu öffnen und sich bei den Menschen zu melden, von denen man relativ lange nichts mehr gehört hat. Wie wir wissen, ist man nicht einsam, weil man keine Freunde hat, man ist nur einsam, weil man sich nicht bei den Freunden meldet. Wir sollten den ersten Schritt tun und uns der Welt nähern, erst dann bewegt sich auch die Welt auf uns zu. Diese Wahrheit sollten wir im Gedächtnis behalten.

Kapitel 6

Das Leben genießen

Mein kleines, aber sicheres Glück

»*YOLO* WAR GESTERN, jetzt haben wir *Kasg*«, sagen die jungen Leute von heute aus Korea, wenn ich sie frage, wofür sie sich zurzeit interessieren. Und dann fügen sie hinzu, dass der *Yolo*-Trend, man lebe nur einmal und deshalb solle man einfach Spaß haben, den Anschluss an übermäßigen Konsum gefunden und schließlich nur dazu beigetragen habe, das Leben schwieriger zu gestalten. Daher habe man sich von *Yolo* (you only live once) verabschiedet, und nun sei *Kasg* angesagt. *Kasg* ist »das Glück, das zwar klein, aber sicher ist«, und wurde durch die Erzählung *Ein Nachmittag auf der Insel Langerhans* von Haruki Murakami geprägt. Er beschreibt dieses kleine, aber sichere Glück ziemlich detailliert: ein frisch aus dem Ofen kommendes Brötchen in die Hand nehmen und essen; am Nachmittag zusehen, wie die Sonne den Schatten der Bäume auf die Erde malt, und dabei Kammermusik von Brahms hören; eine Schublade gefüllt mit schön gefalteten Unterhosen.

Früher galt das Glück meistens als etwas, das in der fernen Zukunft eintritt, wenn man sein großes Ziel erreicht hat. Aber heute konzentriert man sich auf das kleine Glück, das man in seinem momentanen Leben leicht und vor allem sicher finden kann.

ICH BEGRÜSSE die Ankunft der Zeit, in der man nach einem solchen *Kasg* strebt. Das ist vor allem bedeutsam, weil es aussagt, dass die jungen Menschen sich nicht nur von dem einheitlichen Rahmen des Glücks befreit haben, der der älteren Generation eigen war, die die Zeit der Industrialisierung durchgemacht hat, sondern auch unterschiedliche und individuelle Kriterien für das Glück aufgestellt haben. Früher hat meiner Ansicht nach nicht unbedingt ein Individuum, sondern die Gesellschaft entschieden, was Glück bedeutet. Und sie hat den Menschen kollektiv eingetrichtert, wonach sie zu streben hätten. Es herrschte die Ansicht, dass man immer glücklicher werde, wenn man in der Schule gute Noten bekommt, an einer guten Universität studiert, eine Arbeitsstelle bei einer renommierten Firma findet, die ein hohes Gehalt zahlt, heiratet und Kinder großzieht und immer weiter in eine noch größere Wohnung zieht.

Aber das *Kasg* empfiehlt, dass man sich nichts von der Gesellschaft sagen lässt, sondern jeder selbst festlegen solle, was einen glücklich macht. Daraus folgend kann die Form des Glücks, die nun von einem einheitlichen Rahmen befreit ist, ins Endlose erweitert werden. Ein Leben muss nicht ruhelos und getrieben sein, und genauso wenig muss man sich ständig maximal anstrengen. Man sollte eher dazu fähig sein, sein momentanes Leben richtig zu genießen, und diese Einstellung entscheidet, ob man glücklich ist – so scheint die heutige Generation zu denken, die nach dem *Kasg* sucht. Neulich begegneten mir im Essayband *Ich will das minimale Leben* von Minyoung Jin folgende Sätze: »Mit ganzem Körper möchte ich den Duft des Windes genießen, die Temperatur der Luft, die Farbe der Blätter und die Landschaft der Straßen, die sich manchmal sehr merkwürdig verändert. Ich laufe gemächlich und denke langsam. Dadurch werde ich wortkarg, habe aber dafür umso mehr zu lachen.« Das Glück ist kein Gefühl, was man erst empfindet, nachdem man einen teuren oder schwer zu bekommenden Gegenstand wie ein Haus oder ein Auto ergattert hat. Wie verwende ich all meine momentane Zeit? Gönne ich mir selbst innere Ruhe, damit ich die sich stets erneuernden Farben der Natur genießen kann? Das sind die Fragen, von denen die Glückseligkeit eines Individuums abhängt.

An einer Universität zu studieren und anschließend eine Arbeitsstelle bei einer Firma zu bekommen, von der man immer geträumt hat, zu heiraten, sein eigenes Haus zu erwerben, all das stellt selbstverständlich ein großes Glück dar. Man ist auch unbeschreiblich zufrieden mit sich und fühlt sich großartig, wenn man sein Ziel erreicht hat. Es fragt sich allerdings, ob das der einzige Weg zum Glücklichsein ist. Wenn ja, dann bedeutet das, dass wir die meiste Zeit unseres Lebens für das Streben nach einem Ziel und die damit zusammenhängenden Anstrengungen aufwenden. Außerdem mangelt es uns ständig an etwas, und wir sind durchgehend rastlos, weil sofort ein weiteres Ziel auf uns wartet, wenn wir eines erreicht haben. Was würde außerdem passieren, wenn wir das Ziel schließlich doch nicht erreichen können? Was ist, wenn wir am Ende vor der Tatsache stünden, dass unsere bisherigen Bemühungen sinnlos gewesen waren und wir unsere Zeit darauf vergeudet hatten? Da erscheint das *Kasg* eine umso schönere und dankbarere Sache, die kein Gefühl ist, das man erst nach einer langwierigen Anstrengung einmal überschwänglich empfindet, sondern alltäglich sehr oft spürt wie eine sanfte Brise im Frühling!

WAS IST mein persönliches *Kasg*? Als ich mir diese Frage stellte, fiel mir schnell einiges ein. Zunächst sind da die Stunden, in denen ich Tee trinke und dabei meine Lieblingsprogramme über eine Radio-App höre. Das ist für mich eine Pause, die ich nicht missen möchte, und ein großes Glück. Wenn ich ein neues Lied höre, gepaart mit einer freundlichen Erklärung vom Moderator, dann bereichert das meinen Geist fast so, als ob ich auf der Straße zufällig einen Schatz gefunden hätte.

Ich bin auch glücklich, wenn ich durch den Samcheong Park spaziere. Hier ist für mich mein Platz zum Ausruhen, mein »Querencia«. Dieser Park befindet sich in der Nähe meiner Unterkunft, und dort gibt es eine kleine Bank, die mich zum Entspannen einlädt. Ich setze mich kurz hin, bin umgeben von fünf Bäumen und lausche dem murmelnden Wasser eines kleinen Baches. Während ich die durch den Sonnenschein leuchtenden Blätter an den Bäumen betrachte und dabei das Zwitschern der Vögel höre, nimmt in meinem Geist herrlicher Frieden Platz. Insbesondere wenn ich innerlich aufgewühlt bin, gehe ich dort ein paar Schritte durch die beschauliche Natur, setze mich auf die Bank und meditiere kurz. Dann habe ich das Gefühl, mein Geist ist wieder auf seine Grundeinstellung zurückgesetzt, so wie ein Klavier neu gestimmt wird.

Eine Buchhandlung ist ebenfalls ein *Kasg* für mich. Wenn ich in einer Buchhandlung ein paar neue Bücher aussuche und mir Zeit nehme, gemütlich durch diese zu blättern, stellt auch dieser Moment ein großes Glück für mich dar. Ein Buch schickt mich auf die Reise in eine Welt, die mir vorher unbekannt war. Es ist zwar ein indirektes Erlebnis, aber es erweitert meinen Wissenshorizont und vertieft mein Denken. Deswegen schlägt mein Herz schneller, wenn ich zufällig ein gutes Buch entdecke.

Das monatliche Treffen mit Freunden ist ebenfalls ein wichtiges *Kasg* für mich. Das herzliche Beisammensein mit den Freunden, die mich nicht als einen Mönch oder einen Autor, sondern schlicht als einen Menschen betrachten, schenkt mir große Kraft. Dank dieser Kraft kann ich gelassen durchhalten, wenn das Leben mir einen Schlag ins Gesicht verpasst. Hat Goethe nicht gesagt, dass man keinen Grund zu verzweifeln habe, wenn man frische Luft, strahlende Sonne, klares Wasser und die Liebe der Freunde habe? Je älter ich werde, desto inniger berühren diese Worte mein Herz.

Der Duft von Flieder, der zufällig auf der Straße
meine Nasenspitze kitzelt, der Berg Namsan,
den ich ohne eine Spur von Smog klar und deutlich sehe,
das gute Lied, das ich zum ersten Mal im Radio höre,
die Bank in der Buchhandlung, die mir ermöglicht,
sitzend durch Bücher zu blättern, die Textnachricht,
mit der ein Freund, an den ich gerade denke, mich grüßt,
die freien Minuten, die ich äußerst selten
nach der Beendigung des Tagesplans finde.

Wann spüren Sie das kleine Glück?

Wird das Glück nicht im Sinne des Besitzens,
sondern des Genießens betrachtet, erweisen sich
die Schönheit der Natur, die Freundschaft
zu einem Menschen, das Lachen eines Kindes,
der Frieden, den uns Musik schenkt, der Sieg
unseres Lieblingssportvereins, allesamt als Glück.

Das Glück der Reichen, wie groß ihr Vermögen
auch sein mag, unterscheidet sich
nicht wesentlich vom *Kasg*, von dem wir reden.
Das Wichtigste ist, ob man in der Lage ist,
das Leben zu genießen.

Hat man innere Ruhe, sehen alle Menschen,
denen man auf der Straße begegnet,
gut und liebenswürdig aus.
Hat man keine innere Ruhe, erkennt man nicht einmal
Brad Pitt, Scarlett Johansson oder Johnny Depp,
auch wenn man direkt vor ihnen steht,
man hält sie bloß für ein Hindernis auf dem Weg
und geht einfach an ihnen vorbei.

Der Zustand unseres Geistes entscheidet sich dadurch,
bei welchem Objekt wir unseren Geist verweilen lassen.
Lassen wir ihn bei schönen Frühlingsblumen verweilen,
wird er heller und schöner, aber er wird immer dunkler,
wenn ein negatives Objekt in seinem Zentrum steht.
Suche das Objekt sorgfältig aus, bei dem
du deinen Geist verweilen lassen willst.

Ich ging langsam durch die Straßen, in denen
Kirschblüten aufgeblüht waren, und hörte das Lied
Wenn ich im Schatten der Alleenbäume stehe.
Mir kam es vor, als ob ich mich
in einer Filmszene befände.
Die Harmonie zwischen den Blüten
und dem Lied war einfach fantastisch.

Es gibt zwei Wege, wie wir unser Leben führen können.
Der eine ist der Weg, der sich auf das Tun konzentriert.
Der andere ist der, der auf das Sein ausgerichtet ist.
Beim ersteren erscheint das Leben erst wertvoll,
wenn man etwas Großartiges erreicht hat.
Beim letzteren wird das Sein eines Individuums an sich
bereits als heilig, weise und als ein Teil der Liebe betrachtet,
die mit dem Universum verbunden ist.

Das Leben, das auf das Tun konzentriert ist,
will das Glück in der fernen Zukunft finden,
das Leben, das auf das Sein ausgerichtet ist,
will das Glück im Gefühl finden,
das man durch seine Existenz selbst erlangt.

Auch das Glück, die Heilung, der Friede und die Liebe,
die dem Gefühl der Verbundenheit mit anderen
Menschen entstammen, werden spürbar,
wenn man ein Leben führt, das nicht auf das Tun,
sondern auf das Sein konzentriert ist.

Achte gut darauf, wie du dich beim Ein- und
Ausatmen fühlst. Je tiefer dein Atem wird, desto mehr
schwindet die Anspannung in dir und umso intensiver
erlebst du, wie du dich von jetzt auf gleich
angenehm erfrischt fühlst, wie du wach wirst und dich öffnest.
Je mehr Zeit du auf einen tiefen Atem verwendest,
desto leichter kannst du dein Gleichgewicht halten
und gelassen bleiben, in was für eine Situation
du auch immer geraten magst.

Sehnst du dich nach etwas zu sehr,
wirst du durch die Energie deines sehnsuchtsvollen
Geistes unnatürlich, angespannt und blockiert.
Überlasse dem Schicksal,
was aus deiner Sehnsucht erwachsen soll,
atme gelassen tief ein und aus – und lache.

Ein Jubelschrei, den ein Mönch in der Welt der Mönche
an einen anderen richten kann: »Dieser Mönch,
ja dieser hat einen Gedanken wirklich ausgeatmet!«
Ausatmen anstatt an etwas zu hängen
und einfach loslassen ist das Schwierigste.

Ein Gedanke kann unabhängig von unserem Willen kommen,
wir können aber auch bewusst an Positives denken.
»Ich bin dankbar dafür, dass das Wetter so schön ist.
Ich bin dankbar dafür, dass ich nicht krank bin.
Ich bin dankbar dafür, dass ich eine Arbeitsstelle habe.
Ich bin dankbar dafür, dass ich die Ruhe habe,
eine Tasse Kaffee zu trinken. Ich bin dankbar dafür,
dass ich gute Musik hören und ein Buch lesen kann.«

Wenn du deinen dankbaren Geist genauer betrachtest,
merkst du, dass ihm eine klare und friedliche Lebenskraft
innewohnt. Wenn du deinen klaren und friedlichen Geist
genauer betrachtest, merkst du, dass er still
und ohne Gedanken, aber wach ist.
Wer oft Dankbarkeit empfindet, meditiert auch gut.

Wenn du deine Gier loslässt, dann wirst du
nicht übertreiben, wenn du nicht übertreibst,
dann schadest du deiner Gesundheit nicht,
wenn du gesund bist, dann wird dein Geist klar,
und wenn dein Geist klar ist, dann spürst du
das Glück in den kleinen Dingen.

Wer Reichtum und Materielles als Ziel
seines Lebens ansieht, kann vieles besitzen,
aber ein sehr einsames Leben führen, wenn es schief geht.
Weil man den angehäuften Reichtum nicht in Umlauf bringt,
und dadurch ernsthafte Probleme mit den Menschen
in seiner Umgebung in Kauf nehmen muss.
Oder weil man selbst krank wird, und schließlich
wegen seines Misstrauens gegenüber Menschen
ohne eine Menschenseele an der Seite alleine
aus dem Leben scheidet. Lebe lieber gesund
und teile deinen Reichtum mit anderen.

Das Glücklichsein richtet sich nicht danach,
wie erfolgreich man ist, sondern ob der Schlaf
tief und erholsam ist.
Menschen, die erfolgreich sind, aber in der Nacht
nicht wirklich tief schlafen können –
von solchen unglücklichen Menschen
gibt es in der Welt erstaunlich viele.

Eine Zusammenstellung einiger Hilfsmittel,
wie man guten Schlaf finden kann:

1. *Die Sorgen im Kopf ordnen*
Wenn du nicht einschlafen kannst, weil du zu viele
Sorgen hast, dann nimm dir nur fünfzehn Minuten Zeit
und schreibe alle deine Sorgen auf ein Blatt Papier.
Dein Kopf wird geordnet, und dein Geist findet Frieden.

2. *Drei Dinge finden, für die du dankbar bist*
Wenn du den Tag mit positiven Gedanken abschließt,
bekommst du gute Laune, es wird dir warm ums Herz,
und du kannst auch gut einschlafen.

3. *Ein Buch lesen oder ruhige Musik hören*
Das blaue Licht des Handys oder des Fernsehers
hemmt die Produktion des Schlafhormons Melatonin.

4. *Eine Lampe mit sanftem Licht statt einer Fluoreszenzlampe einschalten*
Wird zwei Stunden vor dem Einschlafen
die Beleuchtungsstärke gesenkt,
bereitet sich unser Körper auf den Schlaf vor.

5. *Keinen Alkohol trinken*
Alkohol im Körper weckt uns vor dem Tagesanbruch auf
und hindert uns daran, wieder einzuschlafen.

6. *Neunzig Minuten vor dem Schlafengehen mit lauwarmem Wasser duschen*
Der Körper entspannt sich, kühlt ab,
und das hilft dabei, leicht einzuschlafen.

7. *Die Zimmertemperatur ein bisschen kühler wählen*
Eine warme Raumtemperatur stört tiefen Schlaf.

Für den Körper macht es einen großen Unterschied,
ob man sechs oder sieben Stunden pro Tag schläft.
Die Wahrscheinlichkeit für übermäßiges Essen steigt,
man ist leicht depressiv, das Konzentrationsvermögen sinkt
und man hat Schwierigkeiten bei zwischenmenschlichen
Beziehungen, wenn man eine Stunde weniger schläft.
Gehe also lieber einmal etwas früher ins Bett.
Wem Schlaf mangelt, dem kann es helfen,
wenn er an nur einem Tag länger schläft.
Gönne dir, wenigstens an arbeitsfreien Tagen länger
zu schlafen, wenn es dir ansonsten an Schlaf mangelt.

Derjenige, der stets nach mehr und etwas anderem verlangt,
ist nicht besonders glücklich, auch wenn alles
um ihn herum dafür spricht, dass er glücklich sein müsste.
Denn glücklich ist man, wenn der Geist
das Gegebene akzeptiert und daher nicht
voller Chaos ist, sondern friedvoll.

Ein großer Erfolg bringt auch einen
genauso großen Schatten des Leids mit sich.
Menschen, die sehr viel besitzen,
müssen ihren Besitz schützen, und daher trägt ihr Geist
nicht selten unsäglich viel Leid in sich.
Setze dir lieber nur solche Ziele,
die du auch erreichen kannst.
Mit zügelloser Gier könntest du vielleicht mehr erreichen,
aber dadurch schadest du deiner Gesundheit,
verlierst Menschen, die dir lieb sind,
und hast auch keine Zeit mehr für dich.

Viele halten einen angenehmen Zustand
der Aufregung für den Moment des Glücks.
Aber in dem Zustand der Aufregung
wohnt nicht das Friedliche inne.
Das wahre Glück basiert auf dem Friedlichen.

THICH NHAT HANH

Man kann die Welt lieben, aber nicht besitzen.
Im zeitlichen Maßstab des Universums betrachtet,
haben wir unser Haus, Auto und unsere Kleidung
nur für einen Augenblick geborgt
und besitzen sie nicht wirklich.
Genieße die Welt einfach in Liebe und Dankbarkeit,
selbst wenn es nur kurz ist.

Konzentrieren wir uns auf das, was wir jetzt
nicht besitzen, haben wir ein unzulängliches Leben.
Konzentrieren wir uns aber auf das,
was wir jetzt bereits haben,
führen wir ein Leben voller Dankbarkeit.

Die Welt hat genug für jedermanns Bedürfnisse,
aber nicht genug für jedermanns Gier.
MAHATMA GANDHI

Der Morgen im Tempel Mihwang (Goldene Schönheit)

HAST DU VIELLEICHT einen Ort, an den du dich zurückziehst, wenn du einen Moment zur Ruhe kommen willst? Ich meine einen Ort, an den du alleine und im Stillen gehst, ein paar tiefe Atemzüge nimmst und eine heilsame Zeit verbringen kannst, wenn das Leben dir schwer erscheint und du dich fühlst, als hättest du dein ureigenes Ich verloren? »Querencia« nennt man auf Spanisch den Ort, an dem man seine Kraft wiedergewinnt. Querencia stammt aus dem Stierkampf und ist ein Teil am Rande der Arena, in dem der Stier sich eine kurze Pause gönnt, um wieder zu Kräften zu kommen, wenn er durch den Kampf gegen den Matador erschöpft ist. Auch wir Menschen brauchen unseren heiligen Ort, an dem wir zur Ruhe kommen können, wenn wir irgendwann in der Schlacht des Lebens verwundet werden und uns völlig niedergeschmettert zum Weinen zumute ist.

ICH KANN NICHT SAGEN, seit wann, aber mein Querencia ist der schöne Tempel Mihwang, der sich im südlichsten Teil Südkoreas befindet, weswegen die Bewohner den Ort das »Dorf am Ende der Welt« nennen. Vor ein paar Tagen hatte ich Schüttelfrost, wohl wegen der kalten Luft aus den Klimaanlagen, denen aus dem Weg zu gehen schlichtweg unmöglich ist, wenn man in der Stadt unterwegs ist. Ich fühlte mich matt und hatte keinen Appetit. An jenem Tag hatte ich einen Vortrag in Gwangju gehalten. Nach dem Vortrag schaute ich in meinen Terminkalender und stellte fest, dass ich zum Glück einige terminfreie Tage hatte. Daher machte ich mich gleich auf den Weg zu meinem Querencia, zum Tempel Mihwang. Man muss schon wissen, worauf man sich einlässt, wenn man zu diesem Tempel will. Der Weg ist recht mühsam. Umso mehr nimmt man dann aber aus dem Tempel für sich mit.

ERSTENS IST der Tempel sehr malerisch. Der Berg Dharma, der wie ein Wandschirm den Tempel umfasst, hat viele Gipfel und die Felsen dieser Gipfel sind grandios; voller Bewunderung stoßen die Leute, die diesen Berg um den Tempel zum ersten Mal sehen, unwillkürlich Begeisterungsrufe aus. In der Hauptgebetshalle ist von dem Dancheong, ein Farbspiel an Decken und Säulen, nicht viel erhalten geblieben, dadurch sieht die Halle sehr anmutig und natürlich aus. Allein durch die Betrachtung dieser Hauptgebetshalle kehrt Ruhe in mir ein. Der Buddha, der dort sitzt, wirkt von seiner Größe und Haltung her nicht unnahbar und streng, sondern sieht sehr vertraut aus, fast wie ein Ahne. Im Sommer blühen um die Hauptgebetshalle herum viele Blumen. In diesem Tempel gibt es auch weitere kleine Gebetshallen mit Arhats, die man über schmale Wege erreichen kann und die ebenfalls jedermann zur Verfügung stehen.

Wenn wir Menschen etwas Schönes sehen, kommt unser aufgewühlter Geist von selbst zur Ruhe, und wir erinnern uns unserer besten Qualitäten. Man braucht nur das herrliche Abendrot am Tempel Mihwang anzuschauen, um jeden Stress zu vergessen und einfach in die Schönheit der Welt einzutauchen. Stelle dir einmal vor, wie du zusammen mit einem guten Freund auf der Veranda des Tempels sitzt und den Horizont und das Abendrot betrachtest, während die Sonne zwischen den kleinen Inseln im Süden Koreas untergeht. Oder du kommst gerade nach dem Gebet bei Morgendämmerung aus der Gebetshalle, und dir präsentieren sich die Nebelwolken, die über dem Berg Dharma aufsteigen, während der Mond am blauen Himmelsdach auf dich herabscheint. Der raue Geist von jedem, der diese Landschaft betrachtet, wird von selbst sanft und gutmütig.

EIN WEITERER GRUND, warum ich den Tempel Mihwang liebe, ist, weil ich die Menschen mag, die mir dort begegnen.

Geumgang Sunim, der Hauptmönch des Tempels, ist über fünfzig, sieht aber wie ein Kind aus – und ich bilde mir ein, dass er die Reinkarnation eines Arhats aus der Hauptgebetshalle des Tempels ist, mit der Aufgabe, den Tempel vor der Schließung zu retten. Er empfängt jeden einzelnen seiner Gäste voller Liebe, weil er nur zu gut weiß, dass alle einen sehr weiten Weg zurückgelegt haben, um dort anzukommen. Wie tief er mich beeindruckt! Er bietet seinen Gästen Tee und Obst an, hört ihnen zu und schenkt jedem eine Kalligraphie mit einem schönen Spruch, den er selbst erdacht und aufgeschrieben hat. Er richtet sein Hauptaugenmerk auf seine Gäste und macht auch gerne Späße, wodurch er wirklich ein wunderbarer Gastgeber ist. Gleich und Gleich gesellt sich in der Tat gerne, denn die Menschen, die im Büro des Tempels arbeiten, haben ebenfalls einen ungetrübten Geist.

Während meines Aufenthalts hatte der Tempel noch vier weitere Gäste aus Europa. Keine Touristen, die zum Shoppen in die Stadt gekommen waren, sondern Gäste, die den Weg zum Tempel im »Dorf am Ende der Welt« gefunden haben, um die Kultur und die alten Traditionen Koreas zu erleben. Dementsprechend waren wir auf gleicher Wellenlänge, und die Gespräche mit ihnen waren tiefsinnig und machten mir Freude. Sie sagten mir, dass sie bereits auf der Insel Ullung, in der Stadt Kyungju und auch Mokpo gewesen seien, und an ihnen war die Haltung routinierter

Reisender zu spüren. Auf meine Frage, ob ihnen das Essen im Tempel gut bekomme, antworteten sie einstimmig, dass es ihnen sehr gut schmecke. Das war eigentlich auch nicht anders zu erwarten, denn das Essen wird mit frischem Gemüse zubereitet, das im Tempel selbst angebaut wird, sowie Meerespflanzen und Algen, die man aus dem Meer in der Nähe des Tempels bekommt. Daher schmeckt das Essen nicht nur gut, sondern man fühlt bei jeder Mahlzeit auch, wie man gesünder wird.

IM ZIMMER von Geumgang Sunim fand ich einen fantastischen Satz vor, den er neulich in einer Kalligraphie geschrieben hat: »Da ist eine große und sanfte Hand, die mich beschützt.« Wir alle erleben Momente, in denen uns das Leben äußerst schwerfällt. In solchen Momenten können wir uns einsam fühlen, als ob wir von allem und jedem verlassen wären, und uns kann alles auf der Welt sinnlos vorkommen. Das ist aber nicht wahr. Wir sind weder von allem und jedem verlassen, noch ist alles auf der Welt sinnlos. Was wir mit unseren Augen sehen können, ist nicht alles. Die Natur Buddhas, die sich zwar nicht zeigt, jedoch in der Stille wach ist und alles Existierende auf der Welt barmherzig umarmt, beziehungsweise Gott, der für Christen die Liebe ist, ist immer bei uns. Verliere bitte nicht den Mut.

Wenn meine Zeilen dich dazu veranlassen würden, dich irgendwann in den Tempel Mihwang zu begeben, würdest du dort den Sonnenaufgang sehen und erkennen, was für eine gute Entscheidung du getroffen hast, den Weg dorthin auf dich genommen zu haben. Das heitere Zwitschern der Vögel, die Töne voller Lebenskraft von den Grashüpfern und ihren Freunden, die kühle und klare Luft bei Morgendämmerung und der Glockenklang, der in der Tempelanlage sanft ertönt, wird dir helfen, wieder zu Kräften zu kommen. Während du umgeben von der schönen Landschaft des Bergs Dharma eine Tasse heißen Tee trinkst, den Geumgang Sunim dir anbietet, verblassen deine Sorgen und deine Unruhe allmählich, und du kehrst langsam in dein ureigenes Ich zurück.

Die Berge, die sich in mintgrünes Meer verwandelt haben.
Die Frühlingsblumen, die nach dem Verwelken
der Kirschblüten aufblühen.
Der Mondschein und die leuchtenden Sterne
am klaren Himmel.
Das Glück ist gratis, wenn du es nur willst.

Ist man an einem schönen Ort,
sieht alles, was sich an diesem Ort befindet, wertvoll aus.
Ist dein Selbstwertgefühl am Boden zerstört,
dann nimm dir Zeit, suche einen schönen Platz auf
und bleibe dort eine Weile.
Du wirst deinen eigenen Wert und deine Schönheit
wiederentdecken.

Verweilen wir in der reinen Natur oder in einem
schönen Raum, wird auch unser Geist rein
und wir kommen uns selbst kostbar vor.
Werden wir vielleicht immer herzloser und aggressiver,
weil wir die reine Natur und schöne Räume
viel zu selten erleben?

Das Aufräumen der Wohnung ist
der leichteste Weg, wie man seinen eigenen Bereich
in einen schönen Ort verwandelt.
Wirf wertlosen Kleinkram weg, den du nicht brauchst,
und lasse nur wenige gute Sachen genau dort stehen,
wo sie unbedingt sein sollen.
So macht man den Raum wertvoll und schön.
Willst du dein Zimmer als einen solchen Raum gestalten,
dann wirf zuerst alte Prospekte weg.

Noch ein Tipp, wie man einen Raum wertvoll gestaltet:
Wenn ein ähnlicher Gebrauchsartikel schon
in Benutzung ist, lege dir keinen weiteren ins Zimmer,
auch wenn es sich um ein Geschenk handelt.
Stehen zwei Dinge derselben Art im Zimmer,
nehmen sie nur Platz weg.
Verbrauche das alte zuerst und
danach hole das neue hervor.

Weisheit ist auch im Komplizierten das Einfache zu sehen.
Kunst ist etwas Einfaches darzustellen
und viele Interpretationen zu ermöglichen.

Im Leben wollen wir Spaß haben und
daneben auch den Sinn dieses Lebens finden.
Aber den Sinn des Lebens findet man meistens nicht
in der Handlung, die man für seinen eigenen Vorteil ausübt,
sondern während man jemand anderem hilft.
Wenn wir das Gefühl haben, dass unser Leben jemandem
eine Hilfe ist, ist das der Moment, in dem der Sinn
und der Wert unserer jetzigen Existenz entstehen.

Fällt dir alles schwer, weil nichts so läuft,
wie du es willst? Hast du Angst und bist ratlos,
weil du nicht weißt, wie es weitergehen soll?
Dann erweise jemandem eine Wohltat.
Du kannst einen kleinen Betrag spenden,
oder jemanden von einem Problem befreien.
Das steht nicht in direkter Verbindung mit deinem Problem?
Richtig, aber es wird dir dennoch erstaunlich viel helfen.

Nichts auf der Welt existiert allein,
alles ist miteinander verbunden.
Darum verstärkt sich die Verbindung zur Welt,
und man fühlt sich glücklich, wenn man anderen
eine Wohltat erweist. Miteinander verbunden zu sein,
ist ein sehr natürliches Gefühl für uns,
weil das unserem ureigenen Zustand entspricht.

Willst du glücklich sein, dann führe die Dinge,
die du routinemäßig wiederholst, anders aus.
Gehe einen anderen Weg als gewöhnlich nach Hause,
bestelle etwas Neues im Restaurant,
höre ein Lied, das neu veröffentlicht wurde,
lies ein Buch aus einem Genre, das bisher nichts für dich war.
Du kannst auch die Möbel in der Wohnung umstellen,
oder schöne Blumen auf den Esstisch stellen.

Ein positives Erlebnis macht unseren Geist glücklich,
weil er sehr sensibel auf Änderungen reagiert.

Die Kleinigkeiten, nach deren Ausführung
wir uns glücklich fühlen:

1. Sport
2. Das Zimmer aufräumen
3. Mit einer Textnachricht oder E-Mail
unsere Dankbarkeit zum Ausdruck bringen
4. Den Eltern ein bisschen Geld schenken
5. Duschen oder baden
6. Spenden oder ehrenamtliche Tätigkeiten
7. Liebe zum Ausdruck bringen
8. Mäßiger Verzehr von Leckereien
9. Einen inspirierenden Vortrag hören
10. Stille Meditation und ein stilles Gebet

Willst du die Liste weiterführen?

Wird das Glück lediglich als »Gefühl der Fröhlichkeit«
definiert, dann ist der Zeitraum zu lang,
in dem wir nicht glücklich sind.
Hast du gewusst, dass das Glück im antiken Griechenland
als »die Freude, die man in dem Moment empfindet,
wenn man sich bemüht, seine Fähigkeiten
zur Entfaltung zu bringen« definiert wurde?
Bemühst du dich gerade,
deine Fähigkeiten zur Entfaltung zu bringen?
All diese mühevolle Zeit ist das pure Glück.

Wusstest du schon, was in Frankreich
als Maßstab für die Mittelschicht gilt?
Es ist nicht das Vermögen, sondern ob man
eine Fremdsprache beherrscht, ein Musikinstrument
spielen kann, dauerhaft Sport treibt oder
regelmäßig einer ehrenamtlichen Tätigkeit nachgeht,
Freunde einlädt und dafür ein Gericht
nach eigenem Rezept zubereiten kann.
In Frankreich gehört man nicht automatisch
zur Mittelschicht, wenn man eine
bestimmte Menge Geld besitzt.

Willst du jung bleiben, dann fange an,
irgendetwas zu lernen.
Wird man Schüler, auch im hohen Alter,
wird der Geist verjüngt, man empfindet immer wieder
kleine Freuden, je mehr man lernt.
So bringt man sich selbst bei, wie man glücklich wird,
ohne von anderen abhängig zu sein.

Ein freier Mensch ist derjenige, der in der Lage ist,
seine Zeit alleine zu verbringen und dabei
Spaß zu haben, ohne von anderen abhängig zu sein.
Reichlich vorhandene Zeit allein
macht niemanden zu einem freien Menschen.

Willst du ein freies Leben führen,
dann nimm dir genug Zeit und gehe langsam.
Erledige kleine Arbeiten, dafür aber gut.
Die kleinen Freuden des Lebens sind wahrlich heilig.

Willst du, dass dein Traum in Erfüllung geht,
dann nimm dir genug Zeit und baue ihn langsam auf.

Der Anfang ist schlicht, aber das Ende wird großartig.
Jede reine Arbeit, der alle Liebe gewidmet wird, wächst gut.

FRANZISKUS VON ASSISI

Die Qualität des Kuchens entscheidet sich
im Moment des ersten Abbeißens.
Wie weich ist der Boden? Wie gut ist die Teigmischung?
Mit diesen Fragen steht der beste Kuchen bereits fest.
Das bedeutet, die Grundlage muss gut sein,
damit auch der Rest glänzt und köstlich schmeckt.
Gelingt uns die jetzige Arbeit nicht ganz so gut,
dann sollten wir überprüfen, ob wir ausreichend
auf die Grundlage geachtet haben.

Tritt der Moment ein, in dem uns die Arbeit
nicht gut gelingt, dann sollten wir unser Bestes
bei den Kleinigkeiten geben, die direkt vor uns liegen.
Es ist eine Kleinigkeit, die wir jetzt gleich
in Angriff nehmen können.
Aus der fortwährenden Anhäufung dieser Kleinigkeiten
entsteht etwas Großes.

Wenn der Geist sein Verlangen loslässt

EIN ALTER SCHULFREUND hat sich nach langer Zeit wieder bei mir gemeldet. Er erzählte mir von seiner kürzlichen Beförderung zum Partner in seiner Anwaltskanzlei. Er sagte zwar bescheiden, dass er Glück gehabt habe, aber ich wusste, wie wahnwitzig er sich bemüht hatte. Er war klug, und schon während der Schulzeit zeichnete ihn großer Fleiß aus. Deswegen war es aus meiner Sicht eine Selbstverständlichkeit, dass ihm irgendwann etwas wirklich Gutes in seinem Berufsleben passierte. Er wollte mich zum Essen einladen, ich nahm seine Einladung mit Vergnügen an, und wir machten einen Termin aus. Ich wollte ihm zu seiner Beförderung persönlich gratulieren und mit ihm auch mal wieder über die alten Zeiten sprechen.

Vor zwei Schüsseln mit Buchweizennudeln und einem Teller mit Kimchi-Pfannkuchen saßen wir in einem Lokal, unterhielten uns und fühlten uns wie bei einem echten Festmahl. Die

Buchweizennudeln, die ich in kalte Soße mit kleingeschnittenem Frühlingslauch und geriebenem Rettich tunkte, waren an jenem Sommertag mit seinem wunderbaren Sonnenschein besonders köstlich. Die Nudeln und der Kimchi-Pfannkuchen passten auch sehr gut zusammen. Meinem Freund schmeckte sein Essen auch gut, und das zu sehen, machte mich ebenso glücklich. Unser Essen genießend, tauschten wir uns aus, wie es uns in letzter Zeit so ergangen war.

Der Erzählung meines Freundes zufolge, ist es für einen Angestellten, der bei einer Anwaltskanzlei arbeitet und über vierzig geworden ist, eine sehr wichtige Angelegenheit, ob er zum Partner befördert wird. Mit dieser Beförderung, die das Überstehen einer schwierigen Phase bedeutete, wurde mein Freund nun von der Firma besser behandelt, und ihm wurden auch ein Dienstwagen und ein separater Büroraum zur Verfügung gestellt. Er hatte sogar eine eigene Sekretärin bekommen. Jedoch sah er nicht gänzlich glücklich aus. Er meinte dann, dass nicht alle Partner gleichgestellt seien. Unter ihnen herrsche eine Hierarchie, und ein Partner wie er, der gerade in diese Position befördert wurde, habe so gut wie keine Befugnisse in der Firma. Er habe gedacht, dass er nur Partner werden müsse, aber da habe er sich gewaltig geirrt. Von seiner jetzigen Position aus müsse er mindestens zwei Stufen weiter aufsteigen, erst dann sei er in der Firma mit nennenswerten Befugnissen ausgestattet. Er sei also vom Regen in die Traufe gekommen, da er wieder in einer Situation sei, in der er sich nicht zufrieden fühlen und sich zurücklehnen könne.

Weder eine Gratulation noch Trost schien mir angemessen zu sein, aber wenn man es genau nimmt, verhält es sich im Leben doch immer so. Wir denken, dass alle Probleme aus der Welt verschwinden würden, wenn wir nur das Ziel erreichen, nach dem wir seit Langem gestrebt haben, und Einzug in die neue Welt halten, von der wir immer geträumt haben. Aber das ist überhaupt nicht wahr. Die neue Welt hat ihre eigenen Regeln und ihre eigene Hierarchie, und wenn wir diese Welt neu betreten, warten diese neuen Regeln, diese neue Hierarchie und daneben auch eine sehr subtile Diskriminierung auf uns.

Das habe auch ich selbst erlebt. Als ich Mönch wurde, dachte ich anfangs, dass die Haare kahl schneiden zu lassen und zu praktizieren, alles ist, was ich als buddhistischer Mönch zu tun habe. In Wirklichkeit war das Mönchwerden jedoch folgendermaßen strukturiert: Zunächst war ich ein Novize, nach der Zeit des Novizen folgte die Zeit des ordinierten Mönches, und danach wartete noch eine weitere Stufe zum vollordinierten Mönch auf mich. Als solcher musste ich vier Examen bestehen und dafür sehr viel lernen. Ähnliches habe ich auch als Student erlebt. Ich dachte, dass ich überglücklich wäre, wenn ich nur in Harvard studieren könnte. Als ich aber tatsächlich nach Harvard kam, hatte ich das Gefühl, dass nicht die Masterstudenten wie ich, sondern die

Bachelorstudenten in der Vergleichenden Religionswissenschaft mehr geschätzt wurden. Und noch mehr wohl diejenigen, die Jura oder Betriebswirtschaft studierten. Letztlich stellte ich fest, dass der Eintritt in die Welt, die ich mir erträumt hatte, nicht das Ende meiner Bemühungen bedeutete.

Haben wir ein Ziel erreicht, dann wartet auf uns ein anderes, noch wesentlich größeres Ziel, und wir strengen uns wieder an, um dieses neue Ziel zu erreichen; das ist wohl eine natürliche Sache. Nicht gerade zufriedenstellend wird es hierbei nur, wenn Glück als das Gefühl definiert wird, das wir nur spüren können, wenn wir etwas errungen haben. Weil diese Definition suggeriert, dass wir im Alltag unmöglich glücklich sein können. Ja, dieser Gedanke kam mir in den Sinn. Außerdem hält das Glück, das wir nach einem erfolgreichen Abschluss spüren, bedauerlicherweise nicht ewig an. Sehr bald entdecken wir ein größeres und scheinbar lohnenderes Ziel und rennen schon wieder unablässig hinter etwas her.

HIERBEI MACHEN WIR eine wichtige Entdeckung: Das Glück, die Gelassenheit und der Frieden, alles, was wir schließlich erreichen wollen, erleben wir erst, wenn unser Geist sein andauerndes Streben nach Mehr loslässt. Man wurde beispielsweise an der Universität, an der man unbedingt studieren wollte, angenommen. Oder man hat eine Anstellung bei seiner Traumfirma bekommen, kauft sich einen Wagen, wunderschöne Kleidung oder ein elektronisches Gerät – und danach meint man, endlich glücklich zu sein. Es macht den Anschein, dass die Objekte von außen uns glücklich gemacht haben. Bei genauerer Betrachtung wissen wir aber, dass wir glücklich sind, weil unser Geist, der sich nach jenen Objekten sehnte, zur Ruhe gekommen ist. Die Sehnsucht nach den Objekten hat aufgehört und ist still geworden. Deswegen sind wir zufrieden und fühlen uns friedlich. Es sind nicht die Objekte, die uns Glückseligkeit und Frieden bescheren. Sonst müssten wir ab dem Moment, in dem wir die Objekte besitzen, für immer und ewig glücklich und friedlich sein. Das sind wir aber nicht, stattdessen sehnen wir uns gleich nach einem neuen Objekt.

Was können wir nun tun, wenn wir glücklich sein wollen? Was wäre empfehlenswerter, als endlos um eine kurzweilige Ruhe unseres Geistes zu kämpfen, indem wir unser Sehnsuchtsobjekt permanent wechseln? An dieser Stelle möchte ich die Meditation empfehlen. Die Meditation lässt unseren Geist an sich ruhen. Der Frieden und die Zufriedenheit werden schließlich nicht durch einen Gegenstand, sondern durch den Geist, der frei von allem ist, empfunden.

FÜR DIESE ZUFRIEDENHEIT ist es niemals zu spät. Jetzt können wir den Gedanken loslassen, dass unser Geist erst gelassen werden und Ruhe finden kann, nachdem wir unser Ziel erreicht haben. Wie beim Meditieren wollen wir uns auf die Gegenwart konzentrieren und für das Hier und Jetzt dankbar sein. Dadurch fühlen wir uns wesentlich weniger überlastet und gehen einer Arbeit mit Freude nach. Wenn unser Geist sein Verlangen loslässt, erkennen wir, dass das Glück nicht sehr weit entfernt ist, sondern sehr viel näher, als wir denken.

Wenn unser Geist sein Verlangen loslässt,
kehren das Glück, die Gelassenheit und
der Frieden in uns ein.

Über den Autor

© Sehyen Jo

Haemin Sunim ist einer der einflussreichsten Lehrer des Zen-Buddhismus in Südkorea. Seine Bücher haben sich weltweit über drei Millionen Mal verkauft und sind nicht nur als Orientierungshilfe für die Meditation sehr gefragt, sondern auch als Unterstützung, um weiser mit den Herausforderungen des Alltags umzugehen.

Der gebürtige Südkoreaner siedelte in die USA über, um ein Filmstudium an der University of California/Berkeley zu beginnen, er studierte vergleichende Religionswissenschaft in Harvard und Psychologie in Princeton. Mit der Zeit wurde Haemin Sunim jedoch immer deutlicher, dass er sein Leben dem Buddhismus und einem spirituellen Leben widmen wollte. Er kehrte nach Korea zurück und wurde dort als Mönch ordiniert. Die nächsten Jahre verbrachte er im Yonghwasa Kloster in der Stadt Incheon und studierte unter einem ehrwürdigen Seon-Meister (»Seon« ist der koreanische Begriff für »Zen« oder »Meditation«).

Heute ermöglichen ihm seine Wurzeln in der östlichen wie westlichen Welt, die uralte Weisheit des koreanischen Buddhismus für unsere moderne Zeit zu übersetzen. Und wenn Haemin Sunim sich aufgrund seiner spirituellen Praxis auch immer wieder für Zeiten der inneren Einkehr zurückzieht, so steht er mit einem Bein in einer jahrtausendealten Weisheitstradition, mit dem anderen jedoch in der Welt des 21. Jahrhunderts und seiner digitalen Medien. Seine Einsichten teilt er mit seinem Publikum weltweit über seine Podcast-Serie und einem eigenen YouTube-Kanal. Er hat über eine Million Follower bei Twitter (@haemin sunim) und Facebook und ist einer der meistgelesenen spirituellen Autoren unserer Zeit. Wenn er nicht für seine Lehrvorträge auf Reisen ist, lebt er in Seoul.